L'OGRE

et sa princesse aux petits oignons

Sabrina Inghilterra

L'OGRE

et sa princesse aux petits oignons

Didier Jeunesse

Pour mon ogre Sébastien
et notre petite fée raffinée Diane.

Si vous n'êtes pas capable d'un peu de sorcellerie,
ce n'est pas la peine de vous mêler de cuisine.

Colette,
Prisons et paradis

CHAPITRE 1

L'Ogre du 23, rue de Bagnolet

Munie d'un paquet de pop-corn sucré-salé taille XXXL, une jeune femme un peu ronde, emmitouflée dans un plaid en mohair rose bonbon, s'approche de sa fenêtre à pas feutrés. Elle écarte ses rideaux, puis saisit ses lunettes du club d'ornithologie amateur dont elle a fait partie autrefois. Elle braque ses lorgnons à haute portée visuelle sur l'appartement du voisin d'en face, qui est devenu depuis deux ans son principal sujet d'observation.

L'Ogre (car il n'y a plus aucun doute, c'en est un !) avait d'abord attiré son attention par les parfums délicieux qui s'échappaient de sa cuisine et qui inondaient son appartement. C'était, dès le matin, des odeurs d'épices et de truffes, de volailles farcies et de sauces suprêmes, de ragoûts qui n'en finissaient plus de mijoter. Et puis, avec un brin de toilette et une coupe de cheveux peut-être, elle devait s'avouer qu'il ne lui déplaisait pas. De beaux yeux bleu acier, une chevelure épaisse et noire, une ossature large et puissante. Le genre d'ogre qu'on aimerait bien avoir chez soi pour se sentir en sécurité, s'était-elle dit.

Mais depuis quelque temps l'Ogre n'a plus la forme… Il ne sort presque plus, ne cuisine presque plus et ne mange presque plus… Il est devenu l'ombre de lui-même.

Elle n'a pas l'intention de rester les bras croisés à se goinfrer de pop-corn tandis que son coup de cœur est là à se morfondre… Elle enfile un manteau du même rose que son plaid et s'en va à l'épicerie à côté de chez elle. Piotr saurait sans doute quoi faire.

Pendant ce temps-là, de l'autre côté de la rue, l'Ogre continue de tourner en rond comme un lion en cage dans sa propre cuisine. Il a faim. Une faim dévorante… mais rien à se mettre sous la dent. Pas le moindre reste… Son frigo reste désespérément vide. Lui qui se flattait toujours d'être le roi de la débrouille, capable de vous préparer une forêt-noire avec un pot de pâte à tartiner ou une pièce montée avec des petits-beurre ! Il est désemparé. Il ne va quand même pas faire bouillir ses chaussures en cuir ou rôtir son manteau en peau de porc-épic ?

Il y aurait bien des voisins, oui, et même certains particulièrement appétissants, comme le beau bébé bien gras gorgé de lait du couple du cinquième, qui aurait fait les délices de n'importe quel ogre, accommodé avec des herbes et des oignons, servi avec des pommes aux cendres. Ou encore la gardienne de l'immeuble, juste assez grasse pour être marinée avec du vinaigre, de l'huile d'olive, de la sauce soja, du miel, du gingembre en poudre, des graines de coriandre, du sel, du poivre et du persil plat, avant de passer au four. Seulement voilà, Ventrerond n'est pas ce genre d'ogre. Les humains, il trouve ça fade, sans goût, caoutchouteux et même répugnant !

Mais l'Ogre est-il seulement un ogre ? Né d'un mariage mixte entre une mère ogresse 100 % cannibale et un père chasseur 100 % humain, il ne se sent ni l'un ni l'autre. Les ogres l'avaient rejeté : il avait, à leur goût, un caractère trop doux, un physique chétif (malgré ses deux cents kilos), un parfum trop délicat (c'est-à-dire qu'il sentait tout au plus le roquefort frais, mais sans la moisissure qui donne au fromage tout son caractère) et, pire que tout, il ne mangeait pas de chair humaine. Un végétarien parmi les carnivores ! Une brebis dans un troupeau de loups !

Ces défauts, très mal acceptés par les ogres, ne le rendaient pas plus sympathique auprès des humains qui le percevaient comme un gigantesque marginal nauséabond et potentiellement dangereux.

Cela dit, à choisir entre des ogres forts, cruels, colériques et imprévisibles et des humains faibles, rachitiques, méfiants et soupçonneux, il n'avait pas hésité à préférer la compagnie des seconds. Sûr qu'au moins il ne risquait pas de terminer égorgé et cuit à la marmite. Il avait donc fini par emménager deux ans plus tôt au 23, rue de Bagnolet. Très vite, il avait été séduit par sa nouvelle vie : lui qui ne connaissait que les forêts humides et sombres des Carpates, il avait découvert avec émerveillement Paris. De jour comme de nuit, la capitale sans cesse en mouvement remplissait sa vie de nouvelles odeurs. Et puis, surtout, Paris, c'est la ville de la gastronomie. Une multitude de restaurants à portée de main ! Des plus petites gargotes aux restaurants étoilés, il avait voulu tout essayer ! Dans le tourbillon des premiers mois, il avait dépensé sans compter… Et le petit pécule qu'il avait en arrivant avait fondu comme neige au soleil.

Et voilà comment, en ce morose et pluvieux vendredi de janvier, Ventrerond doit se résoudre à utiliser sa dernière conserve de secours, un pot de graisse d'oie qui lui sert à caler la table de sa cuisine.

– Il ne manque qu'un peu de pain pour accompagner ce festin de misère, grommelle-t-il. Ce sera l'occasion d'aller saluer ce vieux Piotr !

*

Devant la petite épicerie polonaise à la devanture rouge et blanc, Piotr affiche, comme toujours, un sourire radieux. Il bavarde avec une petite dame joliment potelée emmitouflée dans un manteau de laine rose, qui le quitte en courant quand elle aperçoit la silhouette sombre et massive de l'Ogre s'approcher d'eux.

Ventrerond regarde un instant la dame qui s'enfuit.

– C'est qui cette fille qui part en courant comme un pet sur une toile cirée ?

– Ta voisine d'en face, lui répond Piotr. On jurerait qu'elle a croisé un ogre, ajoute-t-il en souriant.

Dès son arrivée dans le quartier, Ventrerond était devenu le meilleur acheteur de Piotr. C'était la première fois que l'épicier avait un ogre pour client et il avait dû répondre à des commandes aussi extravagantes que colossales. Une fois, Ventrerond lui avait demandé une telle quantité de poissons – barbues, limandes, soles, truites, rascasses, rougets barbets – que l'épicerie de Piotr s'était transformée en un véritable vivier, et ses clients avaient dû marcher sur la pointe des pieds pendant toute une journée pour ne pas écraser les poissons frétillants qui jonchaient le sol. À une autre occasion, Ventrerond avait décidé de se lancer dans la cuisine moléculaire : il avait commandé tellement d'azote que des volutes de fumée blanche s'étaient échappées de dessous la porte de l'épicerie pendant toute la semaine, ce qui avait provoqué l'effroi des passants qui s'enfuyaient en criant « Au feu, au feu ! ». Mais le coup de grâce, ce fut quand Ventrerond avait choisi d'utiliser l'arrière-salle de Piotr pour réaliser des barbes à papa au foie gras géantes qui avaient tapissé l'intérieur du magasin de longs fils gluants. Ça n'aurait pas été trop grave, si ça n'avait justement été le jour où le maire avait décidé de venir faire ses courses chez Piotr…

Tous deux en riaient encore, quand ils se remémoraient le pauvre homme, piégé dans cette gigantesque toile sucrée-salée !

Piotr regarde son ami de ses grands yeux d'un bleu serein.

– Qu'est-ce que je peux faire pour toi ? lui demande-t-il de sa voix chaude.

Ventrerond est mal à l'aise. Lui qui jadis lui commandait des chariots de vivres n'a même plus de quoi s'offrir un steak !

– La vérité, c'est que j'ai une faim d'ogre, lui dit-il en se tortillant nerveusement les doigts.

– Ah… eh bien, comme dirait ma mère, la faim fait sortir l'ogre de sa tanière ! Alors, qu'est-ce qui te ferait plaisir ? lui répond l'épicier en se tournant vers ses étalages bien fournis.

Ventrerond voudrait lui répondre « un cheptel de moutons, une forêt de cèpes et de girolles, avec des montagnes de choux à la crème, une pyramide de nougatine, un torrent de caramel », mais il se retient. Il n'a presque plus d'argent et ne veut pas embarrasser l'épicier. Il se contente de dire :

– Du pain de mie, ce sera parfait.

Piotr se précipite dans le rayon boulangerie et dégote un paquet de pain de mie extra-large pour son ami.

– Voilà, fait-il ravi, en mettant le pain dans un cabas.

Voyant que Ventrerond met la main dans sa poche pour y trouver des pièces, il l'interrompt.

– Non, non, mon ami… pas besoin. Tu me rends service ; il sera périmé demain et ça encombre mes placards.

L'Ogre reconnaissant lui assure en plaisantant :

– Si on apprend qu'on mange gratis ici, tu vas fermer boutique.

– T'inquiète pas, va, je dirai que j'ai un copain ogre et qu'il est du genre vorace !

Ventrerond le remercie chaleureusement et rentre chez lui à la hâte ; il n'aime pas trop s'attarder dehors. Le voisinage, auprès duquel il passe pour un gigantesque clochard, lui est hostile. En plus de s'être conduit comme un écervelé à son arrivée en France, il n'a jamais réussi à surmonter sa timidité avec les humains. C'est plus fort que lui, quand ce n'est pas la peur, c'est du dégoût qu'il devine dans le regard des gens. Il ne se sent jamais à l'aise et ne sait jamais quoi leur dire. Alors il se contente de les éviter. Ce qui est sans doute mieux pour tout le monde ! Arrivé dans son appartement, il ouvre le cabas, et tandis qu'il s'attend à y trouver du pain, il voit que son ami Piotr en a profité pour lui glisser des harengs (il faut toujours qu'il y ait des harengs dans l'assiette de Piotr, même au petit déjeuner !), un saucisson à l'ail et de gros cornichons sucrés. Piotr est vraiment un chic type, je lui revaudrai tout ça… pense-t-il en se vautrant sur son vieux canapé. Alors qu'il s'apprête enfin à s'enfourner une première tartine dans le gosier… la sonnette retentit.

Ventrerond monte le son de sa radio. Mais monsieur l'envahisseur n'a pas l'air d'être du genre à se décourager. Quand l'Ogre réalise qu'il est tombé sur le dernier des enquiquineurs et qu'il risque d'être encore là le lendemain s'il ne lui répond pas, il s'empare rageusement de l'interphone et hurle d'une voix tonitruante :

– Que me veux-tu, SAC À VIANDE ???

L'importun a l'impression que des cloches sonnent à quelques centimètres de ses oreilles et, encore étourdi, il répond d'une voix mi-soprano, mi-basse, comme un adolescent qui n'aurait pas fini de muer :

– Monsieur Ventrerond, j'ai un pli avec accusé de réception pour vous.

L'Ogre n'en revient pas ; d'habitude, quand il prend sa voix d'ogre, ils détalent tous comme des lapins. Celui-là (ou celle-là, il n'en est pas bien sûr) doit être un drôle de spécimen. Le mieux est encore de coopérer s'il veut enfin manger son saucisson tranquille.

Il appuie sur le bouton de l'interphone pour ouvrir la porte et maugrée :

– Escalier E, treizième étage, première porte à droite ; l'ascenseur est en panne…

*

Dix minutes plus tard, un minuscule facteur flottant dans un costume trop grand arrive essoufflé devant l'appartement de Ventrerond. Il tient dans ses mains une enveloppe énorme qui dégage une odeur de cochon grillé. Avant même qu'il ne frappe, l'Ogre ouvre brusquement la porte. L'employé des Postes, tout en récupérant son souffle, semble parfaitement indifférent à la monumentale silhouette qui se trouve devant lui. Au bout de quelques instants, il tend à l'Ogre un calepin.

– Veuillez signer ici, je vous prie, lui dit-il de sa voix étrange, en lui remettant son stylo.

L'Ogre en est tellement surpris qu'il s'exécute sans demander son reste et se retrouve, en moins de temps qu'il n'en faut pour le dire, avec cet encombrant courrier. Il lève les yeux pour marmonner quelque chose à l'intention du facteur, mais celui-ci a déjà disparu. Il regarde en bas dans l'escalier : il n'y a plus personne.

Qu'est-ce que c'est encore que cette carabistouille ? se dit-il. Au contact de ses doigts moites, l'enveloppe s'ouvre d'elle-même avec un bruit cristallin.

De grosses lettres gonflées et brillantes apparaissent sur le papier, comme si elles avaient été peintes avec un caramel tiède.

Chapitre 1

Félicitations, monsieur l'Ogre !
Vous avez été tiré au sort pour vous présenter
au grand concours annuel de gastronomie ogresque.
L'épreuve se tiendra le 23 janvier prochain
à la tour Nedos des Carpates.
Nous comptons sur votre présence.
Le grand gagnant du concours se verra remettre
la coquette somme de 20 000 galons d'or.

P.-S. : vous trouverez le règlement ci-joint.

– Qu'est-ce que c'est que ces bêtises ? râle l'Ogre. Je n'ai jamais envoyé la moindre candidature nulle part, à ce que je sache !

Il jette un coup d'œil sur le règlement.

Article préliminaire :
Pensez festin d'ogre, démesure, excès, folie, grandeur,
et réalisez un plat monstrueux de votre création !

Rien que ça, se dit-il. Il s'ensuit une tartine d'articles, rappelant aux ogres les codes élémentaires à respecter pour le bon déroulement du concours. Il sera, par exemple, catégoriquement prohibé de tenter de soudoyer le jury avec des pièces d'or sous peine d'expulsion (pour ça, pas de risque, je suis sans doute l'ogre le plus pauvre au monde), ou encore de se transformer au cours de l'épreuve, ou d'utiliser tout ustensile magique (bottes de sept lieues ou autre…) pour avoir un avantage sur la concurrence. Par ailleurs, tous les animaux de compagnie (et particulièrement les chats, surtout s'ils ont des bottes) seront interdits pendant la compétition. Les concurrents pourront néanmoins apporter des humains ou des animaux si ces derniers sont destinés à être inclus dans leurs recettes, etc.

Ventrerond froisse l'enveloppe encore tiède, décidé à ne plus se préoccuper de son contenu (il en a assez lu). Ces trucs d'ogre, ce n'est vraiment plus pour lui. S'il a fui son pays, c'est bien pour ne pas y revenir. Il est hors de question qu'il parte où que ce soit ; sa maison est ici, au 23, rue de Bagnolet, et sous aucun prétexte il ne veut remettre un seul de ses gros orteils dans les Carpates ! Et puis, de toute façon, le concours a lieu dans moins d'un mois, ce serait du suicide de s'y rendre sans avoir eu le temps de le préparer. On ne se rend pas à un concours gastronomique de renommée internationale armé de sa seule bonne volonté !

CHAPITRE 2
Retour au pays des ogres

Mais l'Ogre a beau avoir rangé sa lettre dans le dernier tiroir de son bureau, sous une pile de papiers crasseux, elle n'en reste pas moins bien présente dans son esprit. Vingt mille galons d'or, tout de même, ce n'est pas rien ! Et Ventrerond est si pauvre qu'il ne mange plus qu'un jour sur deux depuis des mois déjà. De grosses touffes de cheveux commencent à lui dégringoler du crâne tandis que ses joues deviennent de plus en plus creuses et que sa peau vire au gris. La faim le tenaille, l'empêche de dormir. Il n'a pas le choix, il faut qu'il parte. Il ne peut pas rater une occasion pareille !

Au petit matin, il sort une vieille valise en peau d'iguane et la remplit tant bien que mal avec un tas de frusques rapiécées. Il envoie un courrier express à sa mère. Si l'idée de la revoir ne l'enchante guère, ce sera néanmoins pratique (et moins coûteux !) de s'installer chez elle. En plus, sa tanière n'est qu'à une dizaine de kilomètres de la tour Nedos et sa cuisine tout équipée lui permettra de se remettre un peu à niveau question gigots ! Ventrerond passe prévenir Piotr qui se serait sans doute affolé de ne pas le voir pendant quelques jours, puis s'élance pour attraper le car porte de Charenton. Celui-ci est à moitié vide ; seuls quelques touristes partent en Slovaquie en janvier pour aller skier.

Il s'installe tout au fond en espérant ne pas être dérangé. Il roule en boule son manteau en peau de porc-épic contre la vitre et se cale dessus en fermant les yeux. Il pousse un grognement d'aise. Mais, quelques minutes plus tard, une petite dame ridée comme une vieille pomme, toute vêtue de rose passé, vient poser ses valises à côté de la sienne. Elle l'observe longuement de ses grands yeux dorés, au travers de ses grosses lunettes embuées par la chaleur ambiante.

– Je peux ? lui demande-t-elle, en désignant la place supposée libre sur laquelle Ventrerond déborde largement.

L'Ogre regarde de tous côtés, il y a un tas d'autres places libres… Elle doit être dérangée. Il lui sourit de toutes ses incisives et, d'un ton un peu affecté, lui répond :

– Chère madame, je ne voudrais pas que vous vous sentiez à l'étroit ici quand vous seriez bien plus à l'aise ailleurs.

Mais la grand-mère en a décidé autrement. Elle ignore la réponse du géant et se colle tout contre lui. L'Ogre grogne un bon coup, mais rien n'y fait, la petite dame a déjà déballé tout son fatras comme si elle était dans son propre salon.

Ventrerond lui jette un regard courroucé et décide de l'ignorer. Le bruit régulier du car et la vibration de la fenêtre le détendent.

Mais ses craintes ne se sont pas évanouies. Comment sa mère va-t-elle réagir en le revoyant ? A-t-elle bien reçu son message ? Deux ans sans lui avoir donné la moindre nouvelle (elle n'avait pas cherché à le retrouver non plus) ! Ils ne s'étaient plus parlé depuis une dispute violente qu'ils avaient eue au sujet de son père. Elle reprochait à Ventrerond de trop lui ressembler et de se comporter en humain, tandis qu'elle aurait souhaité avoir un ogre à la maison. Elle avait conclu en lui disant qu'elle aurait dû le dévorer (sort qu'elle avait réservé à son père !) à la naissance et que ça lui aurait causé moins de soucis ! Il avait réalisé à ce moment-là que, quoi qu'il fît, elle ne serait jamais fière de lui, et au petit matin il avait fait ses valises. Ces souvenirs qui le travaillent encore aujourd'hui l'épuisent. Ventrerond les chasse de ses pensées et finit par s'assoupir.

Alors qu'il dort profondément, la vieille dame lui flanque une baffe à vous décoller la mâchoire. Ventrerond se réveille en sursaut, noir de colère. Lorsqu'il comprend que l'auteur du coup n'est autre que sa voisine octogénaire, il est estomaqué. Il ne sait pas encore s'il va l'écrabouiller contre la vitre, lui faire manger son horrible cabas à fleurs ou la balancer dix sièges plus loin. Voyant qu'il hésite, la grand-mère lui demande d'une petite voix fluette :

– Excusez-moi, mon jeune ami, je ne vous ai pas réveillé trop brutalement, j'espère ? J'ai parfois la main un peu lourde, ajoute-t-elle en ricanant. À vrai dire, je n'aurais pas osé ce geste audacieux si la curiosité ne m'y avait contrainte. Mais je mourrais d'envie de savoir ce que vous avez pensé préparer pour votre dîner !

Elle est folle ! L'Ogre n'a plus aucun doute maintenant sur la santé mentale de la passagère.

– Maintenant que vous m'y faites penser, j'avais songé dévorer une petite grand-mère bien rosée avant d'avaler quelques touristes à peine hachés, lui répond-il avec un air féroce.

La petite dame rit bien fort…

– C'est bien, mais ce n'est certainement pas avec une grand-mère qui n'a plus que la peau sur les os et sans doute plus beaucoup de goût que vous gagnerez votre concours…

Vexé, piqué, désappointé, l'Ogre s'apprête à demander à la grand-mère comment elle est au courant pour le concours. Mais la petite dame a disparu. Il regarde dans le couloir du car, il n'y a plus personne.

Il essaye en vain de se rendormir ; c'est trop tard. Et voilà, maintenant, il se demande comment il va bien pouvoir faire pour le gagner, ce fichu concours… D'autant que cela fait bien des années qu'il n'a pas mangé, ou plutôt dévoré, de la vraie cuisine d'ogre !

CHAPITRE 3

Fesses de lapin juteuses et autres recettes...

La nuit devient noire et épaisse tandis qu'un vent qui doit faire dans les moins trente degrés cingle les fenêtres du car. L'Ogre est désormais seul, les autres passagers sont descendus depuis longtemps… Il regarde dehors, les bois noirs se densifient, il ne devrait plus tarder à arriver.

Il enfile son manteau et prépare son sac, quand il s'aperçoit que la grand-mère a oublié un vieux livre qui a dû être lu des milliers de fois, à en croire la couverture usée. L'Ogre intrigué le prend et le glisse dans sa besace.

Deux minutes plus tard, il est arrivé devant l'entrée de la tanière où il a grandi. Son ventre se noue. Tous ses muscles se tendent. Il frappe à la porte.

Une titanesque ogresse à l'odeur rance vient lui ouvrir. Ventrerond se sent toujours aussi microscopique à côté d'elle. Mis à part des cheveux poivre et sel, une trogne plus rougeaude et un peu plus burinée peut-être, elle n'a pas changé. Toujours ses mêmes yeux froids, gris comme un ciel d'hiver, injectés de sang, son nez comme une patate qui se serait écrasée au milieu d'un pudding et sa bouche énorme qui semble vouloir vous aspirer comme un trou noir lorsqu'elle est ouverte.

Elle contemple son fils. Aucune émotion ne transperce. Rien. Comme s'il était parti seulement quelques heures. Des milliers de sentiments s'entrechoquent dans le cœur de Ventrerond.

– Entre, grogne l'ogresse, tout en remettant le loquet qui maintient la porte close.

À peine le pas de la porte franchi, il sent l'odeur des fesses de lapin qui mijotent dans la moutarde (elle l'attendait donc ?). Sans un mot, l'ogresse l'invite à s’asseoir. Le repas se déroule aux bruits de la mastication (ou plutôt des sons de broyeur, du genre de ceux qu’on entend sur un chantier) et des rots tonitruants de l’ogresse. Ventrerond est statufié, il observe sa mère dévorer sa gigantesque pile de fesses de lapin du coin de l’œil, mais il est incapable d’aligner deux mots. De quoi lui parlerait-il d’ailleurs ? De son concours ? Il sait d’avance ce qu’elle lui dirait : comment veux-tu gagner un concours d’ogres, Ventrerond, alors que tu raisonnes comme un humain ?

Cela fait tellement longtemps qu’ils n’ont plus rien partagé qu’il a l’impression d’être assis en face d’une étrangère. Quand ils ont fini, l’Ogre s’éclipse, sans demander son reste, au grenier où il avait l’habitude de dormir. L’air lui semble encore plus étouffant qu’autrefois. Rien n’a bougé. À croire que personne n’y est entré depuis qu’il en est parti.

Ventrerond tente tant bien que mal de se reposer un peu, mais impossible de dormir : les fesses de lapin lui pèsent sur l’estomac, le bruit du vent le dérange, sa tête est lourde, il a chaud ! Il commence à réfléchir (ce qui n’est pas bon pour un ogre ; on dit qu’un ogre qui pense risque d'avoir sa digestion gâchée !), c'est plus fort que lui. Tant de questions l'assaillent : pourquoi est-il revenu ? Comment va-t-il s'en sortir avec ce maudit concours ? Que va-t-il préparer ? Sait-il seulement encore cuisiner ?

Mais oui ! Ça, c'est en lui, il en est certain ! Il n'avait pas trois crocs sortis qu'il observait scrupuleusement sa mère éventrer, dépecer, désosser, équarrir, découper puis faire mijoter le gibier qu'elle avait chassé (des sangliers, des biches, des enfants, surtout quand un camp de scouts décidait de s'installer à proximité). Ventrerond sourit à ce souvenir. Il respirait avec ravissement les parfums riches et exaltants qui s'échappaient des casseroles, tandis que des nuages de fumée blanche emplissaient la pièce.

La cuisine, il a toujours eu ça dans le sang. Lorsqu'il se met aux fourneaux, il devient un alchimiste de la gastronomie, celui qui peut transformer un simple bout de mangue en une explosion sensuelle de saveurs délicates, qui peut restituer les goûts de chaque produit : faire deviner aux papilles les parfums de l'humus et la rosée de l'aurore qui couvrait le champignon cueilli le matin, donner l'illusion au cerveau qu'il devient pour un instant le mouton qu'il dévore ; lui faire sentir l'herbe du pâturage et la luzerne Ventrerond est un génie qui fait palpiter les tomates cœur de bœuf, frémir les œillets de poète, rosir les figues de Solliès. Car il aime chacun de ses ingrédients comme une mère aime chacun de ses enfants (enfin, comme une mère qui ne serait pas sa mère).

Absorbé dans ses réflexions, Ventrerond sursaute : il a entendu un bruit du côté de ses bagages. Comme si un rat s'était faufilé dans sa besace. Il se précipite, prêt à chasser l'intrus. Mais à sa grande surprise il ne trouve rien, pas la moindre petite souris, rien ! Et pourtant, il aurait juré... Ce n'est pas grave, si quelque chose se balade dans la chambre, il l'attrapera, tôt ou tard. À la place, il retombe sur le vieux livre de sa drôle de voisine du car. Voyons voir quel genre de bouquin une petite mamie à l'odeur de pot-pourri peut bien lire, se dit-il en ricanant. À sa grande surprise, ce n'est pas un roman de gare qui vous vante le grand amour sur fond de soleil couchant, mais un livre de cuisine… et quel livre !

L'Ogre se plonge dans la lecture du vieil ouvrage avec le plus grand intérêt. Bientôt, il est complètement captivé. Du lointain *Vieillard* à la *diable* que devaient dévorer ses ancêtres à l'exotique *Bucentaure aux citrons revenus dans du miel et safran* cuisiné en Grèce ou aux odorants *Sushis de sirènes au wasabi extra-fort* du Japon, il voyage à travers le monde, à travers le temps, au gré des saveurs. Sur toutes les recettes, de petites annotations ont été soigneusement écrites à l'encre rouge, sans doute par la grand-mère, et donnent des conseils fort précieux :

Mettre la sirène au frigo avant de la cuire pour éviter qu'elle ne se débatte dans la casserole.

Attention, la découpe du steak de rhinocéros est délicate : protégez vos mains.

Pensez à épiler le porc-épic avant de le réduire en bouillie…

L'Ogre pense que le livre de la grand-mère est probablement celui d'une fée ou d'une sorcière (ce qui expliquerait bien des choses sur le comportement de la mamie cinglée), tant les recettes ressemblent à celles d'un grimoire magique. Il soupire et murmure :

– Cela fait des années que je ne mange plus que de la cuisine humaine (et non plus de cuisine d'humains), alors si seulement ce livre pouvait m'aider à trouver une recette pour mon concours !

Soudain, comme si le livre l'avait entendu, il s'échappe de ses mains et s'élève dans les airs tandis qu'un tourbillon de poussières rouges scintillantes emplit la pièce. Incapable de parler, Ventrerond ne le quitte pas des yeux ; ses pages se mettent à tourner comme si un lecteur invisible enragé s'en était emparé, puis, d'un seul coup, il retombe sur le sol. L'Ogre se penche pour regarder à l'intérieur et voit qu'en haut de la page s'inscrit maintenant à l'encre fraîche :

Une recette gagnante ! Idéale pour tout concours de gastronomie ogresque.

Étrange, étrange… Qu'on me fasse griller les orteils s'il n'y a pas de la magie là-dessous, se dit-il. L'émotion passée, il recale ses oreillers et tombe dans un profond sommeil. Il n'a plus de soucis à se faire, car il n'y a aucune raison désormais pour qu'il ne gagne pas le concours et les vingt mille galons d'or. Il allait préparer cette recette, la fameuse recette de filets de p…

CHAPITRE 4

Filets de p...

Des filets de princesse, se répète Ventrerond en se réveillant le lendemain matin. Forcément, ça va plaire aux ogres.

La gastronomie, chez les ogres, c'est sacré (c'est d'ailleurs pour cette raison qu'il n'y a pas d'ogres en Angleterre, des fantômes, oui, des ogres, non !). Question goût, les ogres mangent de tout, mais ce qu'ils préfèrent, c'est la chair humaine. Surtout lorsqu'elle est tendre et parfumée (les ogres ont la réputation d'avoir la zone corticale de leur cerveau particulièrement développée, ainsi que des chémorécepteurs en profusion sur la langue, ce qui leur donne une aptitude à analyser les saveurs d'un aliment bien supérieure à celle des humains). Dans la classification gastronomique des ogres arrivent en tête : les petites filles (particulièrement si elles sont blondes et bouclées, elles ont un goût vanillé, très légèrement sucré), les bébés ou lardons (qui donnent un parfum fumé aux plats en sauce), les sirènes (bien qu'on n'en trouve plus beaucoup en raison de la pollution des océans) et… les princesses. Il suffisait d'y penser ! Et puis ça dérange moins Ventrerond d'avoir à dépecer une princesse plutôt qu'une gamine ou un bébé. C'est vrai : les princesses n'ont pas le goût insipide et infect qu'ont les humains. Notamment parce qu'elles sont bien nourries (les princesses mangent du caviar en petit pot et boivent du champagne au biberon !), du coup leur chair, selon le *Dictionnaire des amoureux de la cuisine ogresque*, a « un goût exquis, subtil et délicat ». Par ailleurs, les princesses ont une sale réputation chez les ogres : souvent idiotes, elles sont en plus prétentieuses, chochottes, pestes, toujours emballées dans les costumes à prix fous des créateurs les plus à la mode. Bref, pour Ventrerond, la chasse à la princesse s'apparente plus à une chasse aux nuisibles.

La seule difficulté est pour le moment de se procurer l'ingrédient principal de la recette. Ventrerond est presque sûr qu'il n'y aura pas de princesse proposée au concours. Comme les licornes, les petits poucets ou les dragonneaux, c'est un ingrédient beaucoup trop rare et trop coûteux. Il faudra qu'il se débrouille seul.

Il pense que les techniques de chasse traditionnelles utilisées par sa mère – piques, trappes, tapettes géantes, pièges à loup, etc. – ne lui seront d'aucune utilité. En effet, les princesses ne courent pas les rues et ne se promènent jamais seules. Par conséquent, il y a peu de chance que, même armé de la meilleure volonté du monde, Ventrerond arrive à attraper quoi que ce soit avec un de ces pièges médiévaux. Non, il lui faudra être inventif. Mais l'Ogre a un avantage : il connaît bien les humains, mieux que tous les autres ogres, à vrai dire. Il suffira donc qu'il emploie leurs méthodes…

Il attrape alors un calepin, et note tout ce qui lui passe par la tête :

– Se renseigner auprès de l'office de tourisme local pour savoir s'il n'y aurait pas une tour sans portes, un donjon gardé par un dragon ou une autre bizarrerie dans les parages, comme une cloche ou un cercueil de verre…

Il réfléchit un moment… Mais non, ça ne colle pas, le premier office de tourisme se trouve à plus de deux cents kilomètres !

– Magasins de luxe… Appeler les fournisseurs, se renseigner sur les achats de chaussures de vair et les ventes de robes chatoyantes couleur de soleil.

Ça ne va pas non plus, se dit Ventrerond, il n'y a pas plus de magasins de luxe que d'office de tourisme dans ce lieu reculé des Carpates !

– Mener l'enquête auprès du voisinage au cas où il aurait aperçu une jeune fille un peu dérangée qui embrasse des crapauds, ou une autre avec des cheveux de quinze mètres de long.

Encore une fois, l'Ogre raye ce qu'il vient d'écrire. C'est trop fastidieux et cela risque d'éveiller les soupçons dudit voisinage !

– Appeler les grossistes en literie pour savoir s'il y a eu des commandes exceptionnelles de matelas anormalement épais…

L'Ogre rature sa feuille. Non ! c'est trop incertain, il n'y a pas que les princesses qui ont le dos sensible.

Et l'Ogre passe ainsi toute la matinée à se creuser la tête, mais chaque nouvelle idée, il finit par la barrer, puis froisse son papier et le jette à la corbeille. Et ce n'est que lorsque cette dernière est archicomble qu'il s'exclame :

– Eurêka, j'ai trouvé !

Il enfile son manteau et quitte la tanière en trombe.

CHAPITRE 5

Jeune ogre cherche princesse pour dîner, et plus si affinités...

Après de longues heures de marche dans les bois sombres et humides, Ventrerond arrive devant un gigantesque talus de terre pelée, à la base duquel des racines emmêlées laissent entrevoir un trou noir. C'est le siège de la gazette *Du monde enchanté*. Ainsi dissimulés, les bureaux du plus fantasmagorique des journaux demeurent invisibles aux humains. À l'intérieur, des dizaines de petits dragons vert-bleu volettent en tous sens, chargés de papiers, dans un brouhaha de machines et de battements d'ailes. Ventrerond s'adresse à l'un d'entre eux. Il doit crier pour qu'il l'entende :

– Le bureau des petites annonces, s'il vous plaît ?

– Bureau 110, troisième à droite au bout du couloir, lui répond le petit dragon d'une voix mécanique.

L'Ogre le remercie et s'engage dans un tunnel étroit au bout duquel se trouvent trois petites portes de verre. Il regarde au travers de celle de droite et entre. Derrière une gigantesque pile de papier, un minuscule dragon tape des notes sur un ordinateur dernier cri.

– Que me vaut l'honneur de votre visite ? lui demande la petite créature sans lever le nez de son clavier.

– Hum… je viens passer une petite annonce, répond l'Ogre un peu intimidé.

– Quel genre d'annonce ? Travail, vente, disparition, cœur ???

L'Ogre ne s'est pas posé la question. Il est mal à l'aise et ne sait pas vraiment quoi répondre.

– À vrai dire, je recherche une princesse pour…

Le petit dragon ne le laisse pas terminer sa phrase.

– Cœur, dit-il, définitivement cœur. Les princesses, ça trempe toujours dans des histoires d'amour. Pour deux pièces d'argent, vous pouvez mettre votre annonce : elle paraîtra dans la gazette de demain et sur notre site internet, ainsi que sur ceux de nos partenaires agréés adopteuneprincesse.com ou uncontedefées.fr.

Après avoir longtemps hésité, raturé, changé, réécrit, l'Ogre rend son annonce en fin d'après-midi :

Prince (il n'a pas osé mettre « charmant ») *cherche princesse véritable pour participer en duo à un concours culinaire. Les gains (20 000 galons d'or) reviendront au prince, qui s'engage à les reverser à la princesse en guise de dot de mariage si une telle alliance lui convenait.*

CHAPITRE 6
Princesse livrée à domicile

Le lendemain, à la première heure du jour, quelqu'un frappe doucement à la porte de la tanière. Ventrerond, qui est le seul réveillé à cette heure-là, va ouvrir et est bien surpris de se trouver nez à nez avec une ravissante (selon son goût d'ogre) jeune femme, à peine velue, à peine trapue, avec de beaux mollets bien ronds comme des gigots, qui le contemple de ses magnifiques yeux dorés. Il n'a jamais rien vu d'aussi joli : elle a de longs cheveux broussailleux, un petit nez en forme de navet nouveau, tout rond, tout blanc, tout délicat, une large bouche pulpeuse, et puis tout le reste, quoi… ; ni rien senti d'aussi bon : un mélange de pelures d'oignon et de fleurs des champs, sucré et un peu aigre à la fois. Il en est tellement abasourdi qu'il ne prononce pas un mot.

La jeune femme rompt le silence en lui tendant la main.

– Princesse Finefleur de Sel, mais vous pouvez m'appeler Princesse ou Finefleur tout simplement, lui dit-elle d'une petite voix fluette. Je viens pour la petite annonce.

Cette dernière phrase fait à Ventrerond l'effet d'une douche froide. Il réalise à ce moment-là qu'il parle avec l'ingrédient principal de sa recette et que, d'emblée, les choses ne vont pas être aussi simples que prévues. Néanmoins, passée la première émotion, il se ressaisit et invite la Princesse à entrer dans son humble logis. Mais alors qu'il s'attend à ce qu'elle s'aperçoive qu'elle n'est pas dans la maison d'un prince charmant et qu'elle s'enfuie en courant, en hurlant, en s'époumonant, elle semble ne rien remarquer d'étrange, ou fait comme si de rien n'était. L'Ogre pense qu'elle doit être sacrément bigleuse, et ça l'arrange bien, car pour la première fois de sa vie il a du mal à dissimuler son embarras.

Les ronflements de sa mère font trembler la maison. Ventrerond marche sur des œufs pour ne pas la sortir de son sommeil et décide de proposer à la princesse de se rendre à la cuisine pour lui « expliquer » ce qu'il attend d'elle pour le concours. Mais au moment de parler, il s'aperçoit que sa langue a enflé et reste obstinément collée à son palais, que sa gorge s'assèche et rend l'expression de paroles intelligibles particulièrement complexe. Aussi lui faut-il faire un effort *surogresque* pour balbutier péniblement trois mots :

– Princesse… cuisine… intéressée !

La petite Princesse, voyant son trouble, prend la parole.

– Cher prince, je serais plus que ravie de vous porter mon assistance pour ce concours culinaire. En revanche, pas d'alliance, pas de dot : 50-50, c'est le deal, lui dit-elle posément en lui tendant un contrat et un stylo plume.

L'Ogre est impressionné par la volonté de cette créature délicate, et alors qu'il avait décidé de l'assommer sans préambule, il se ravise. Il ne se sent pas de la tuer tout de suite.

Un grand silence s'abat dans la pièce. Comme si on avait eu le bruit d'une machine à laver dans les oreilles et que subitement elle cessait de fonctionner. Ventrerond met un quart de seconde à réaliser ce qui se passe. Les ronflements ont cessé, l'ogresse est réveillée ! Sans réfléchir, il se précipite sur la porte et en ferme le verrou à double tour.

Tout à coup, une déflagration rompt le silence, l'Ogre couche la Princesse au sol tandis qu'un vent nauséabond leur plaque les vêtements sur le corps. Les flatulences de l'ogresse ont de commun avec les explosions nucléaires qu'elles soufflent tout sur leur passage. L'Ogre est devenu rouge tomate, il ne pensait pas à ça, mais le prout maternel l'a achevé. Il aimerait rapidement trouver un trou pour y enfouir sa tête et disparaître. La Princesse, le voyant mortifié, lui donne une petite tape dans le dos et lui dit en rigolant :

– Remets-toi, va, vaut mieux péter en bonne société que crever derrière un buisson.

L'Ogre la regarde, ahuri. Ah ça, non, ce n'est pas une princesse ordinaire.

Soudain, la voix tonitruante de l'ogresse résonne sous les voûtes de la tanière.

– Ça sent la chair fraîche, ici ! Ventrerond, qu'as-tu rapporté ? Un joli bébé rose, un petit enfant dodu, une jeune fille bien grasse ? hurle-t-elle en accourant pour voir le gibier qu'elle engloutira pour le déjeuner.

Bientôt, ils voient apparaître un long nez flairant au ras du sol et humant l'air à pleines narines.

– Tu me caches quelque chose, dit-elle, mauvaise, à son fils.

Ventrerond lui crie :

– Je vous prépare une surprise pour votre déjeuner !

Il se retourne pour tenter d'expliquer la situation en quelques mots à la Princesse Finefleur de Sel. Il lui sert un beau mensonge pour se tirer d'affaire.

– C'est ma belle-mère, une ogresse que mon père a épousée uniquement pour son grand bien, lui chuchote-t-il à l'oreille. Elle n'est pas toujours commode.

La Princesse ne semble pas troublée le moins du monde.

– Ah, eh bien, fait-elle de sa petite voix, vous pourriez dire à votre belle-maman – dont je suis par ailleurs ravie de faire la connaissance – que si elle compte me croquer elle est tombée sur un os. Vous m'entendez, de l'autre côté de la porte ? hurle-t-elle à son tour avec une voix grave d'homme. Le crapaud qui voudrait me gober, il n'est pas encore né, capito ? Et si l'envie lui en prenait, il finirait vite fait, bien fait par retourner croupir dans les marais avec d'la vase jusqu'à ras la gueule. C'est clair ?

Puis la Princesse Finefleur se tourne vers Ventre-rond et, d'une voix douce, elle ajoute malicieusement à son intention :

– Et voilà, les présentations sont faites !

L'Ogre se précipite sur la Princesse pour l'éloigner de la porte. Il n'en revient pas. Elle est folle (bien qu'il soit impressionné par la gouaille de ce petit bout de femme). Sa mère va la massacrer, la disloquer, l'accommoder façon purée.

La réaction de l'ogresse ne se fait pas attendre. Avec une voix lugubre et froide, elle susurre à travers la cloison :

– Moi, les moustiques, je ne les gobe pas, je les écrase. Comme ça : PAF – et elle fait claquer ses deux grosses mains.

La Princesse saisit un rouleau à pâtisserie et s'apprête à ouvrir la porte pour en découdre.

Ventrerond intervient avant que ça tourne au vinaigre.

– Je ne pense pas que ce soit une bonne idée, Princesse, croyez-moi, vous ne faites pas le poids. Je vais lui parler.

Le géant s'éclipse pour s'entretenir avec sa mère. Il lui explique le concours, la recette et la nécessité qu'il a de garder la Princesse en vie jusqu'au jour J, pour que la viande soit la plus fraîche possible.

Pour la première fois de sa vie, il voit l'ogresse esquisser un sourire.

– Si c'est pas pour du prêt-à-manger mais pour de la grande gastronomie, c'est différent, lui dit-elle en se pourléchant les babines. Promis, je n'y toucherai pas.

CHAPITRE 7

Un travail de papilles

Ventrerond a rassuré la Princesse. Il la baratine encore un peu pour qu'elle ne se doute pas qu'elle est tombée dans un traquenard.

– Finefleur, lui dit-il, nous avons donné leur congé à tout le personnel du… euh… de l'annexe du château où nous nous trouvons… car, hum… j'ai pensé qu'un peu d'intimité pour être complètement dans l'esprit de la compétition… ne serait pas… euh… superflûte… euh… superflue… pardon.

Ventrerond se trouve nul en prince charmant; faut dire que son éducation, question bonnes manières et petit doigt en l'air, avait été quelque peu bâclée.

La Princesse sourit.

– Je comprends bien, prince charmant – puis-je vous appeler ainsi ? Passer vos journées à délivrer des princesses et à pourfendre des dragons n'a pas dû vous laisser tout le loisir que vous auriez souhaité pour vous consacrer à la cuisine.

L'Ogre la regarde avec des yeux ronds, mais il se reprend, et c'est d'une voix plus assurée qu'il lui dit :

– Princesse, tout le temps que durera notre préparation, vous serez mon sous-chef. Ici, aux fourneaux, c'est moi qui commande. En revanche, votre aide me sera précieuse et je compte sur vous pour mettre votre palais délicat à contribution.

– Chef, oui, chef ! lui répond Finefleur en se mettant au garde-à-vous, raide comme un soldat.

L'Ogre se sent en confiance. La cuisine est pleine à craquer de victuailles ; il y aura de quoi faire.

– Dites-moi, sous-chef, qu'est-ce que vous connaissez en cuisine ? lui demande-t-il poliment.

– Rien, absolument rien, chef. Les princesses, ça ne cuisine pas, chef. On leur met une cuillère en argent dans la bouche dès la naissance, chef.

Aïe ! Ça, le chef ne l'avait pas prévu. Bon, ce n'est pas grave ; il va lui apprendre les bases de la cuisine ogresque pour l'occuper. Pour lui, l'essentiel, c'est de se remettre à la cuisine, de se stimuler pour le concours ; il verra bien ensuite ce qu'il fera d'elle.

– Sous-chef, votre mission va être de nourrir ma m… euh, ma… belle-mère si vous ne voulez pas lui être servie au déjeuner. Je dis ça en aucun cas pour vous mettre la pression, mais habituellement il y a une vingtaine de cuisiniers qui travaillent à temps plein ici, alors il ne faudra pas renâcler à la tâche. Êtes-vous prête à accepter ce défi ?

– Chef, oui, chef !

– Et les femmes comme ma belle-mère, ça ne raffole pas de soupes de petits pois gourmands ni d'œufs de caille à la coque. Il leur faut du costaud, du roboratif, du riche. Des plats qui luisent de sauce avec de grosses patates. Alors au travail, sous-chef Finefleur.

Il sort des placards des couteaux aux lames acérées, des culs-de-poule, des fouets en Inox, des écumoires et des casseroles en cuivre à la belle couleur rouge doré, des plats à terrine en faïence. Il range tout bien proprement à côté du plan de travail et repasse un coup de chiffon méticuleusement sur chaque ustensile tandis que la Princesse admire tous ces objets étincelants qui, empilés les uns sur les autres, ressemblent au trésor d'un roi.

– D'où vient tout ça ? lui demande-t-elle, éblouie.

– Ça, fait-il avec une pointe de fierté dans la voix, c'est ma petite collection personnelle : du matériel que j'ai pensé, dessiné et forgé moi-même, pour qu'il s'adapte à chacun de mes besoins.

– C'est magnifique, murmure la petite Princesse ébahie.

Après avoir sorti et disposé tout son matériel, Ventrerond se rend dans la chambre froide située au fond de la cuisine (les ogres ne connaissent pas les réfrigérateurs, trop petits !). Il pousse un ouf de soulagement quand il s'aperçoit en ouvrant la porte qu'a priori il n'y a aucune carcasse humaine, seulement des bovidés. Il en revient, un bœuf chargé sur le dos, qu'il dépose sur le plan de travail.

Il aiguise la lame de la hache sur une gigantesque meuleuse et la tend à la Princesse. Cette dernière la porte avec difficulté (elle doit bien peser dans les trente kilos) ; l'Ogre s'empresse alors de l'aider ; il passe ses bras autour de Finefleur et s'empare avec elle de la machine à débiter en tranches. Ils coupent les pattes du bœuf, lui enlèvent la peau, l'éviscèrent puis le tranchent en morceaux. La scène a quelque chose d'énorme : Ventrerond et la Princesse si proches l'un de l'autre, si attentifs ensemble à la découpe de l'animal, et en même temps couverts de sang et de viscères… C'est comme si la cuisine s'était transformée en un abattoir romantique.

Une sueur froide passe dans le dos de Ventrerond. À quoi joue-t-il ? Il est en train de tomber amoureux d'une princesse qui est destinée à être dévorée.

Toute la journée, il redouble d'efforts pour se vider la tête.

Finefleur, quant à elle, se démène pour nourrir une ogresse qui n'en a jamais assez : elle épluche des montagnes de patates, pèle des kilos d'oignons qui lui font verser des torrents de larmes, badigeonne des bœufs entiers de beurre et de graisse, s'écorche les mains pour découper les volailles en morceaux (ce qui, entre nous soit dit, semble bien fantaisiste sachant que lesdites volailles disparaîtront sans préambule dans la bouche trou noir de l'ogresse), se brûle aux fourneaux mille fois.

De temps à autre, l'ogresse glisse une tête par la porte. Quand la Princesse a le dos tourné, elle mime de mille façons les possibilités d'équarrir la donzelle en faisant des clins d'œil à son fils. Ventrerond lui répond par de grands sourires, mais il reste bien serré contre la Princesse, des fois qu'il prenne l'envie à sa mère de mettre ses menaces à exécution !

Lorsque les plats sont prêts, ils sont aussitôt apportés à l'ogresse, qui les engloutit sans faire de manières. À peine gavée, elle hurle :

– J'ai encore faim !

Finefleur, avec une petite moue sarcastique, lui glisse en passant :

– C' n'est pas un estomac qu' vous avez, c'est un puits sans fond !

L'ogresse, qui n'a pas sa langue dans sa poche, lui répond :

– Bah, faites gaffe de pas trop vous approcher alors, ce serait dommage de tomber dedans.

– Pas d' risque tant qu'on ne me savonne pas la margelle, lui rétorque Finefleur soucieuse d'avoir toujours le dernier mot.

Quand elle ne se chamaille pas avec la mère de Ventrerond, Princesse Finefleur est tout entière dévouée à sa tâche. Sept jours et sept nuits durant, Ventrerond et elle travaillent sans relâche. L'Ogre entraîne Finefleur à peler, blanchir, roussir, rissoler, dorer quantité d'ingrédients, essaye de lui faire composer toutes sortes de sauces savantes, épicées, crémeuses, translucides, gélatineuses… Tous deux suent comme des oignons au milieu des vapeurs de casseroles remplies d'eau chaude et sont noirs de crasse à force de manier les légumes et les racines terreuses.

L'Ogre est heureux, la cuisine, c'est vraiment son truc ! Et puis la présence à ses côtés de la jolie Princesse le stimule. Tant pis pour le livre de recettes magiques ; c'était sans doute une bonne idée, mais pas question de passer son sous-chef à la casserole. La Princesse n'est pas du tout comme il se l'imaginait. En plus d'être exceptionnellement belle (l'Ogre ne peut s'empêcher de la dévorer des yeux), elle est sans chichis, toujours bien disposée et résistante à la tâche (il n'aurait jamais imaginé qu'une princesse fût capable de dépecer un sanglier à mains nues !). Il aurait pu la libérer dès le premier soir, la chasser en lui disant qu'avec ses petits bras fins elle ne pourrait pas faire l'affaire et en chercher une autre plus bête et moins drôle, mais finalement il n'avait pas du tout envie qu'elle s'en aille. Il était bien auprès d'elle, il était même mieux qu'il ne l'avait jamais été.

– Sous-chef, lui dit-il un jour, vous avez bien travaillé, je suis content de vous. Me feriez-vous l'honneur d'une petite dégustation ?

– Rien ne saurait me faire plus plaisir, lui répond-elle.

L'Ogre ravi revient avec quantité de pots dans les bras.

– Tenez, goûtez ceci, par exemple.

Il tend à la Princesse une cuillère remplie d'une gelée rose. La Princesse la goûte en fermant les yeux et ne peut s'empêcher de réprimer un soupir de satisfaction.

– Qu'est-ce que c'est ? lui demande-t-elle intriguée.

– C'est de la confiture de cynorhodon, lui explique-t-il simplement.

– Du gratte-cul ? s'étonne-t-elle.

– Euh, oui, fait l'Ogre un peu décontenancé. Du gratte-cul, une plante sauvage qui pousse tout près d'ici. À la voir couverte d'épines, rien ne vous incite à vouloir l'approcher. Ses baies, si on n'en retire pas la peau, sont hautement toxiques. Et pourtant, si vous prenez le temps de saisir un à un ses fruits, de les peler et d'en retirer les grains, vous pouvez en extraire un nectar doux et sucré tout bonnement délicieux.

La petite Princesse le couve d'un regard tendre.

– C'est un petit peu comme vous, ajoute-t-elle, malicieuse.

L'Ogre rougit. On ne lui avait jamais fait de compliment auparavant et celui-là lui chavire le cœur.

– À mon tour de vous apprendre un tour, lui dit Finefleur. Nous ne sommes pas douées en cuisine, nous, les princesses, mais nous savons aussi réaliser des choses formidables.

Elle se saisit d'un petit couteau, puis taille un à un les légumes posés sur le plan de travail. Elle transforme tour à tour des tomates en roses, des carottes en tulipes, des panais en jonquilles et des radis en muguet. L'Ogre n'a jamais rien vu d'aussi raffiné. Alors la Princesse lui confie en riant :

– N'allez pas croire quand même que je viens vous conter fleurette !

*

Chapitre 7

Une semaine vient de se passer et l'Ogre réalise à peine qu'ils sont arrivés à la veille du concours. Princesse Finefleur semble attendre les dernières instructions avant le jour J, mais Ventrerond ne sait pas comment lui annoncer que, pour eux, l'aventure s'arrête là. Il l'aurait bien emmenée, mais on ne se pointe pas avec sa souris au Salon du chat ! En plus, avec son sale caractère, elle voudrait sans doute en découdre avec tous les ogres… et elle ne faisait pas le poids. Non, il valait mieux ruser !

– Princesse, lui dit-il troublé, je ne crois pas que ce soit une bonne idée, ce concours, demain.

– Ah non ? Et pourquoi cela ? demande-t-elle, inquiète.

– Je ne sais pas, je crois qu'on n'est pas vraiment au point, j'ai raté ma sauce Béchamel qui était grumeleuse et mon caramel a attaché… répond-il embarrassé. Peut-être pourrait-on se représenter dans un an ?

La Princesse rit de bon cœur.

– Ce n'est pas digne d'un grand cuisinier que de renoncer avant même d'avoir essayé !

L'Ogre veut lui répondre, mais lorsqu'il se tourne vers elle, la petite Princesse a disparu. Il regarde partout, même au fond des placards, court au salon, mais il n'y a plus personne. Suspicieux, il observe sa mère, qui s'étonne de voir son fils bondir comme un lion hors de la cuisine. Mais non, sa mère n'a pas l'air d'avoir rencontré la moindre princesse. D'ailleurs, si elle l'avait croisée toute seule, elle serait probablement en train d'en mastiquer un morceau. Pour la première fois de sa vie, l'Ogre se sent complètement perdu.

CHAPITRE 8

Le grand concours de gastronomie ogresque

C'est le grand jour. L'Ogre prend quelques affaires et s'éclipse de la tanière avant que sa mère ne se lève. Il n'a pas eu de nouvelles de la Princesse depuis la veille. Mais ce n'est pas plus mal, se dit-il. Il ne peut néanmoins s'empêcher de se sentir terriblement triste.

Les organisateurs du concours sont venus avec des brouettes entières chargées de vivres, d'épices et de nectars pour les concurrents. Ils ont apporté des bêtes et des hommes venus des quatre coins du monde que Ventrerond observe, curieux : des lamas blancs du Pérou au pelage laineux, de splendides enfants des hautes plaines d'Asie, emballés dans des fourrures brodées, des zébus de Madagascar avec un merveilleux cuir noir luisant, des femmes aux cheveux rouges et soyeux et à la peau parfumée à la fleur de tiaré, des mouflons rouges d'Iran aux cornes recourbées... Certains même sont arrivés en apportant avec eux d'immenses aquariums dans lesquels on peut voir évoluer avec grâce des raies mantas géantes du Pacifique, des requins blancs de La Réunion, de superbes homards à la carapace bleue du Canada et quelques magnifiques sirènes à la queue écaillée dans des nuances de bleu, vert et doré.

Bientôt, tous les candidats sont appelés ; on leur donne à chacun un tablier immaculé et un set de couteaux de cuisine dont les lames sont tellement aiguisées qu'en un rien de temps on pourrait couper une princesse en deux. Ventrerond frissonne à cette pensée. Puis ils sont invités à se préparer avant de se rendre dans la salle du concours.

Une équipe d'ogres colossaux en tablier blanc fait son apparition. Les candidats s'alignent en rang et les saluent tandis que la foule en furie hurle des gradins toutes sortes d'encouragements.

Ventrerond sent sa gorge se nouer et ses jambes trembler. Il éponge son large front ruisselant et tente de contrôler le tremblement de ses mains. Alors qu'il est à moins d'une heure de l'épreuve, il n'a jamais autant regretté d'être aussi loin de sa chère rue de Bagnolet !

Un géant nommé Barbe-Rousse, en raison du collier de poils rougeâtres qui lui encadre le visage, intime d'un geste au public de se taire, puis il déclare :

– Ogres, ogresses ici présents, vous avez été sélectionnés pour participer au grand défi annuel de gastronomie ogresque. Vous avez droit à une unique recette et ce sera votre unique chance de remporter les vingt mille galons d'or ; il faudra donner tout ce que vous avez.

Les candidats sont maintenant invités à se positionner devant leur plan de travail dans l'ordre et le calme.

S'ensuit un immense brouhaha et tous rejoignent, comme mécaniquement, leur place. Ventrerond n'a jamais vu autant d'ogres rassemblés. Ils doivent être plus de trois cents. Barbe-Rousse reprend :

– L'épreuve démarrera dans moins de cinq minutes. Sur la gigantesque horloge située au-dessus de vos têtes, vous pourrez voir l'écoulement du temps. Vous avez six heures. Nous vous rappelons que ce temps passé, nul candidat n'aura le droit de toucher un couteau ou une assiette. Il devra attendre en retrait qu'un membre de l'équipe organisatrice vienne prendre son plat pour le servir au jury. Cette année, notre grand jury sera composé de trois membres éminents de la gastronomie des ogres : Paul Legros, le « cuisinier du siècle », créateur du croque-bébé, trois chicots au guide Mâcher ; Babette de La Rôtissoire, fille de tripier, spécialiste des boudins créoles et célèbre animatrice télévisée des *Gros Plats de Babette* ; et enfin Victor Boyaux, désigné comme « le papa de la gastronomie », auteur du best-seller *Je bâfre, donc je grossis. Petit guide à l'usage du parfait anthropophage.*

Le public applaudit ses héros.

Barbe-Rousse fait silence et regarde l'horloge.

– Ogres et ogresses, vous avez six heures pour inventer et réaliser votre plat. À vos marques, prêts ? 5, 4, 3, 2, 1… partez !!!! Que la bataille commence ! Bonne chance !

La foule rugit et les candidats se précipitent vers leurs fourneaux.

CHAPITRE 9

L'épreuve fatidique

Les candidats doivent à présent choisir leurs ingrédients pour réaliser le plat de leur création. Ils se ruent et se bousculent devant les étalages pour se servir. Ventrerond, lui, ne pense plus à rien ; un tsunami de panique l'a submergé et le cloue au sol. Il faut déjà imaginer ce qu'il veut et ne veut pas cuisiner. Et là, c'est le trou noir. Rien ne l'inspire. Sans sa recette magique sur laquelle il avait élaboré toute sa stratégie, il est paumé.

Il se rend bientôt compte que les autres candidats ont déjà bien entamé leur besogne, et tout autour de lui il voit une à une les lumières bleues des feux des gazinières s'allumer au rythme des tintements de couverts et des grincements des portes des fours.

Tout à coup, l'Ogre sursaute. La voix de Princesse Finefleur de Sel résonne dans sa tête : « Ce n'est pas digne d'un grand cuisinier que de renoncer avant même d'avoir essayé ! » Elle a raison. Le sous-chef est plus courageux que le chef.

Il se dirige vers les tables où s'amassent encore suffisamment d'ingrédients pour nourrir une armée. Chaque instant passé avec la Princesse lui revient à l'esprit en même temps qu'il remplit son panier : les oignons, les épices et le lait de coco sucré lui rappellent son parfum aigre-doux, le parmesan, l'odeur riche et boisée aux notes de noisette de ses cheveux, la biche, sa peau ferme et musclée, les graines de sésame, la couleur dorée de ses yeux, le citron vert, son mordant…

Tout est là. Il n'y a plus qu'à… Victor Boyaux s'approche de lui, son immense mèche grasse tortillée au milieu de son front.

– Alors, candidat Ventrerond, qu'est-ce que vous comptez nous préparer ? lui dit-il, apparemment surpris par le choix des ingrédients de l'Ogre.

– Chef, je pense réaliser des filets de biche avec une sauce coco et citron vert, accompagnés d'un gratin de topinambours au parmesan.

Victor Boyaux fait une petite moue désapprobatrice.

– De la biche et des topinambours, vous ne pensez pas que tout ça va être un peu… fade ? Que ça va manquer singulièrement de mordant ?

– Non, chef, je pense que je vais relever mon plat avec du curcuma et une sauce légèrement acidulée.

– Vous n'avez pas peur de vous éloigner trop de la préparation traditionnelle de la biche, avec morilles ou girolles, sauce madère ou porto, accompagnée de petits bébés bien gras ?

– Non, chef, je veux être innovant et prouver qu'une cuisine sans chair humaine peut être tout aussi savoureuse ! Vous ne serez pas déçu.

Victor Boyaux apprécie ce trait d'audace et laisse Ventrerond tout absorbé à sa préparation.

C'est un choix risqué, il en a conscience. Mais pour une fois il se sent sûr de lui. Ce qu'il a à accomplir est encore immense et une heure s'est déjà écoulée. Hyper concentré, il découpe des filets fins dans le corps de la biche et les fait revenir dans de l'huile de truffe blanche avec les oignons blancs au goût sucré avant d'ajouter un jus d'orange sanguine fraîchement pressée et des zestes de citron vert pour la note acidulée.

C'est à ce moment-là qu'arrive la redoutable présentatrice Babette de La Rôtissoire. Elle s'approche pour humer les casseroles de ses emblématiques narines d'experte culinaire.

– J'adooooooooore ! s'égosille-t-elle en penchant sa colossale poitrine juste au-dessus des gazinières, sans même s'apercevoir qu'elle risque de se transformer en torche-ogresse. Quel culot, mon vieux ! dit-elle à Ventrerond en lui adressant une œillade et un sourire charmeur. Nous verrons si vous saurez séduire aussi les autres membres du jury !

– Je donne tout ce que j'ai, chef, lui répond-il distraitement, tout occupé à ne pas laisser attacher une seule de ses poêles.

Il observe les formes biscornues des bulbes violacés des topinambours et se dit qu'elles lui rappellent les personnages qu'il a rencontrés depuis ce fameux vendredi de janvier : le facteur, la mamie du car, le petit dragon du service des annonces, Princesse Finefleur de Sel. Il ne manque que lui, bien sûr, le plus gros et le plus ratatiné des topinambours. Il prend alors un petit couteau bien aiguisé et taille les personnages de son histoire dans la chair du légume, comme le lui a montré la Princesse. Quand il a fini, il les regarde et semble tout surpris : on dirait qu'ils sont prêts à bouger… Il réalise alors un décor gigantesque sur une montagne de filets de biche : il y fait couler une rivière de sauce épicée tandis qu'avec de la polenta noircie à l'encre de seiche et de la gelée dorée il recrée son appartement de la rue de Bagnolet, le car qui l'emmena aux Carpates et enfin la tanière de sa mère. Il dispose ensuite ses personnages dans son théâtre gastronomique.

À peine a-t-il fixé la dernière pièce qu'il entend résonner au loin la voix du géant à la barbe rousse :

– Dans 3, 2, 1 seconde… Posez vos couteaux et éloignez-vous de vos plans de travail ! L'horloge est sur six heures pile. L'épreuve est terminée !

CHAPITRE 10

Le festin des ogres

Ventrerond reste immobile, il respire lentement. Il a retrouvé son calme. Tout autour de lui, les œuvres ambitieuses des autres candidats ont été emportées par les serveurs et déposées sur de gigantesques tréteaux montés pour l'occasion. Un palais géant de crustacés, sirènes en gelée et fruits de mer lui fait face ; à sa gauche, des tripes de sanglier à la mode de Bratislava et ses roulés de bûcherons en sauce dégagent un puissant fumet, tandis qu'à sa droite un rhinocéros blanc farci avec la chair tendre de jeunes enfants laisse échapper un parfum qui lui donne la nausée. Le plus impressionnant est sans doute l'œuvre réalisée par l'ogre japonais Oni. Un géant au visage rouge qui a eu le cran de construire une pièce montée de six étages de bébés confits au sucre, enveloppés et décorés de pâte d'amande tricolore et de cerneaux de noix.

Le jury des ogres cuisiniers passe d'une œuvre à l'autre en faisant mille commentaires, jugeant de chaque détail, interrogeant un à un les candidats tétanisés.

Paul Legros, le chef le plus redouté de tout le monde de la gastronomie des ogres, s'approche le premier de l'étrange montagne.

– Voilà donc les fameux filets de biche au lait de coco ? dit-il.

Ventrerond hoche la tête en signe d'acquiescement.

– Candidat, êtes-vous satisfait de votre plat ? Est-ce qu'il correspond à vos attentes ?

L'Ogre est, cette fois, on ne peut plus sûr de lui.

– Mon plat outrepasse mes attentes, chef.

Babette de La Rôtissoire trépigne d'impatience derrière.

– Le mieux, ce serait peut-être qu'on y goûte, non ? demande-t-elle d'une voix haut perchée.

– Honneur aux ogresses, lui répond, faussement aimable, Paul Legros (qui n'a pas envie d'avoir à en découdre avec le mastodonte glouton qui lui sert de consœur).

La ventripotente ogresse se précipite et hume de toutes ses volumineuses narines la montagne de viande, puis elle s'écrie :

– Hum… ça sent bon la viande fraîche !

Les autres se massent autour d'elle et reniflent à leur tour. La tête leur tourne : les parfums qui se dégagent sont obsédants. Les membres du jury ne peuvent s'arrêter de saliver… Lorsqu'ils goûtent le plat, c'est un feu d'artifice de délectations, des explosions en bouche, un déferlement de sensations… En un instant, ils se ruent dessus et engloutissent ce qui a pris six heures à être réalisé. Mais quel succès ! Quel triomphe ! Les ogres se frottent leurs gigantesques panses, leurs fronts luisants, les lèvres humides de sauce, les yeux brillants d'extase en poussant des grognements jouissifs et des soupirs satisfaits…

Ventrerond regarde ébahi ce spectacle unique, ce festin d'ogres.

– Ch'est chucullent ! s'exclame Babette, de la viande encore plein la bouche, tandis qu'un épais liquide brunâtre coule le long de son cou graisseux. J'approuve à chent pour chent le mariage coco et épiches, chésame et viande rouge, huile de truffe et topinambours.

– Un miracle ! s'écrie Victor Boyaux. Une apothéose ! J'ai le ciel dans mon assiette.

Mais c'est Paul Legros qui donne l'appréciation finale. Et pour satisfaire Paul Legros, le cuisinier du siècle, c'est une autre paire de manches. Lui, sa vie, il l'a passée dans les moiteurs des cuisines des restaurants les plus cotés du monde, pas sur les plateaux télévisés ! C'est un grand, c'est même le plus grand ogre cuisinier à ce jour. Tout le monde le respecte et on gagne toujours à l'écouter. Là, Ventrerond est suspendu à ses lèvres.

– J'ai aimé la cuisson de la viande, tendre et humide ; la sauce est audacieuse, mais intéressante. Le jus de coco donne du moelleux, tandis que les épices relèvent le goût. Vous auriez pu aller plus loin. Je pense que votre préparation aurait pu y gagner si vous aviez remplacé le curcuma, moins noble, par une base de safran. Attention également aux topinambours, dont la découpe exceptionnelle a été faite au détriment de la cuisson. Ils sont un peu trop croquants à mon goût. C'est néanmoins une très belle réalisation. Je vous félicite, Ventrerond. Vous nous avez régalés avec un plat où l'absence de chair humaine ne s'est pas fait sentir. Le goût subtil et fin du mets m'a rappelé des saveurs lointaines. Une princesse que j'avais dégustée autrefois et qui avait la fraîcheur de l'aurore. Quelle que soit l'issue du concours… persévérez, vous avez l'étoffe d'un chef!

CHAPITRE 11

Le grand gagnant du concours de gastronomie ogresque est…

Le moment tant attendu est arrivé. Dans quelques minutes, le nom du grand gagnant du concours de gastronomie ogresque va être révélé.

Les participants attendent maintenant nerveusement de savoir à quelle sauce ils vont être mangés. Ventrerond ne pense plus à rien. L'angoisse lui a congelé le cerveau.

Soudain, Barbe-Rousse s'approche, majestueux sur l'estrade, avec l'enveloppe qui contient le nom du candidat qui remportera les vingt mille galons d'or et la renommée. L'attente est insoutenable.

Pour faire durer le suspense, il décachette avec une lenteur exaspérante le pli.

– Le grand gagnant du concours de gastronomie ogresque est… Oni, pour son exquise pouponnière en pièce montée ! Le jury a particulièrement apprécié l'originalité et la qualité esthétique de la pièce, qu'il n'a pas hésité à qualifier de chef-d'œuvre !

Un tonnerre d'applaudissements accompagne cette annonce. Ventrerond s'effondre. Il n'est pourtant pas surpris, il y a des centaines de candidats, tous au top. Il avait peu de chances de gagner, surtout avec des filets de biche – et avec des légumes en plus ! Et pourquoi pas de la salade pendant qu'on y était, aucune chance de rivaliser avec une pièce montée de bébés ! C'était risqué. Mais au final, il n'a pas tout perdu. Il a rencontré une princesse ni chochotte ni prétentieuse et a réalisé un des défis gastronomiques les plus ambitieux.

Oni, la face rougie et les cheveux ébouriffés, s'avance pour recevoir sa récompense des mains de Paul Legros sous les acclamations de la foule. Les journalistes s'approchent pour immortaliser la remise du prix, mais lorsque les flashes crépitent, quelque chose ne tourne pas rond.

– C'est étrange ! Monsieur Oni, il me semble que vous avez quelque chose de vivant dans vos... euh... votre paillasson capillaire, lui dit le chef un peu affolé.

– Ah... fait Oni avec un air décontenancé, tandis qu'il vire au pourpre. C'est probablement un nœud...

Mais Paul Legros ne paraît pas convaincu.

– Que cachez-vous là ? insiste-t-il.

D'un geste résigné, Oni fait descendre l'énorme araignée qu'il dissimule dans ses cheveux.

– Du calme, Chouchou, lui susurre-t-il, en essayant de calmer la gigantesque mygale apeurée. Elle a été effrayée par les lumières aveuglantes des photographes, mais c'est une gentille fille, mon doudou, une sorte de porte-bonheur, quoi, dit-il en guise d'excuse.

– Porte-bonheur ou non, vous risquez la disqualification. Tout animal est interdit pendant l'épreuve : c'est écrit dans le règlement. Le jury doit se retirer pour délibérer à nouveau, lui répond le chef sèchement.

Moins d'une heure plus tard, le jury a rendu un nouveau verdict. Grâce au visionnage des vidéos de surveillance, il a été établi qu'Oni avait utilisé Chouchou, son infâme compagne velue, pendant l'épreuve pour l'aider au montage de la pièce montée. Il y a donc exclusion sans appel, puis désignation d'un nouveau gagnant.

Barbe-Rousse doit recommencer tout son manège et en fait des tartines sur la traîtrise du précédent concurrent. Puis vient l'annonce.

Ventrerond est sonné. Il n'en croit pas ses oreilles. Il a du mal à comprendre ; il a dû le rêver. Des milliers de personnes dans le public scandent son nom :

– VENTRE-ROND, VENTRE-ROND, VENTRE-ROND !

CHAPITRE 12

Et ils vécurent heureux...

Ventrerond ne peut faire un pas à l'extérieur du bâtiment sans qu'une horde de dragons photographes ne l'assaille. Tout le personnel de la tour Nedos l'escorte et lui fait une haie d'honneur jusqu'au véhicule qui doit le reconduire chez sa mère. Sur le chemin du retour, il entend des exclamations au passage de la voiture, qui est recouverte de banderoles tout à la gloire du vainqueur du grand concours de gastronomie ogresque. Ventrerond a chaud ; il ouvre les vitres. La pression retombe ; il savoure sa victoire. C'est bien la première fois qu'il se sent fier de lui, ça lui fait bizarre. Il a donc gagné. Il a réussi à remporter un concours de gastronomie ogresque avec de simples filets de biche. Il n'en revient pas. Les ogres l'acceptent enfin, lui, le demi-monstre né d'un père chasseur. Il a envie de pleurer et de rire en même temps. Il est désormais célébré en héros. Fallait-il pour autant qu'il revienne dans les Carpates ? Qu'il quitte la rue de Bagnolet ?

Lorsqu'il arrive à l'entrée de la tanière, il entend des rires et des éclats de voix. La porte n'est pas fermée comme d'habitude avec son inutile gros cadenas de plomb et Ventrerond aventure son nez dans l'entrée.

Quelle n'est pas sa surprise lorsqu'il entend une assemblée d'ogresses qui scande à son tour son nom :

– VENTRE-ROND, VENTRE-ROND, VENTRE-ROND !

Sa mère a suivi le concours à la télévision. Elle est hystérique et crie son nom encore plus fort que toutes les autres. L'Ogre reste silencieux. Il ne sait pas quoi dire.

L'ogresse se retourne et l'aperçoit.

– Allez, ne reste pas planté là, Ventrerond. Entre, on ne va pas te manger, grogne-t-elle tandis que ses copines s'esclaffent.

– Y en a une par contre que j'me serais bien bâfrée, ricane une de ses horribles compagnes en découvrant une rangée de dents bien limées.

– Une petite princesse à croquer, renchérit une grosse rouquine avec des yeux verts malfaisants.

– Ça sent le roussi pour ta poule, déclame une ogresse un peu plus éméchée que les autres.

Toutes les ogresses pouffent et chantent en chœur :

ON A FAIM, ON A FAIM, ON A FAIM
ON SE SERAIT BIEN GRIGNOTÉ
DES FESSES DE PRINCESSE
DE LA RATE D'ARISTOCRATE
DES BOUCHÉES À LA REINE
ON L'AURAIT BIEN MANGÉE EN FILETS
SAUCE SOUVERAINE
MIAM MIAM MIAM MIAM

L'Ogre se précipite au grenier, tellement vite qu'il manque s'écrouler dans l'escalier. Il en est certain, c'est elle !

– Princesse Choux-F… euh, Finefleur ! s'écrie-t-il, avant de se reprendre encore : euh… sous-chef, nous avons gagné !

– Je le sais. Tout le monde le sait. On ne peut pas faire cent mètres sans entendre scander ton nom : VENTRE-ROND, VENTRE-ROND, VENTRE-ROND !!! Youhouhou…

– Ah, euh… oui… Alors tu es revenue pour l'argent ? (À peine la phrase lui est-elle sortie de la bouche qu'il donnerait n'importe quoi pour la ravaler, mais les ogres, c'est comme ça, ça n'a pas de lobe frontal, alors hein, la délicatesse, ce n'est pas leur tonneau de thé.)

– Pas vraiment, fait-elle amusée par sa gêne. Je pensais plutôt accepter la première proposition.

– Hein… laquelle ? fait l'Ogre décontenancé.

– Tu sais, sur l'annonce, tu disais : « Les gains (20 000 galons d'or) reviendront au prince, qui s'engage à les reverser à la princesse en guise de dot de mariage si une telle alliance lui convenait. »

– Ah ! fait l'Ogre de plus en plus troublé. Mais c'est que je ne suis pas un vrai prince, alors... euh... je suis une sorte d'ogre. Tout le monde sait qu'une princesse et un ogre, c'est comme un ris de veau sauce à la menthe, un caramel au poivre, une limonade au jus de tomate ! C'est pas bon et ça ne va pas ensemble...

La petite Princesse éclate de rire.

– Tu as vu ta tête ? On dirait que je viens de t'annoncer une apocalypse. Mais rassure-toi ! Et moi, tu crois vraiment que j'ai l'air d'une princesse ou d'une sauce à la menthe ?

– Mais alors, qui es-tu ? lui demande-t-il un peu vexé.

– Je suis une fée. Le genre de fée que tu ne trouves pas dans les catalogues, certes, mais qui touche sa bille question magie. Spécialité : métamorphose. Le facteur, c'était moi, la mamie du car, c'était moi aussi, et la Princesse Finefleur également, comme tu le sais ! Il n'y a que pour les yeux que je n'arrive pas à changer de couleur. Oui, et bon... la voix aussi, qui déraille un peu.

La mécanique cérébrale de l'Ogre se met doucement en marche.

– Y a-t-il la moindre chance pour que le courrier qui m'a conduit aux Carpates, le livre de cuisine, la recette qui m'a permis de te rencontrer soient le fruit du hasard ?

– Pas vraiment... fait-elle embarrassée.

– Mais je ne comprends pas... Pour quelle raison as-tu fait tout cela ???

Finefleur devient toute rouge.

– Tu ne t'en doutes pas ? répond-elle, confuse. Ça fait deux ans que j'habite l'appartement en face de chez toi et que j'ai... hum... le béguin, quoi, j'en pince pour toi, gros nigaud qui ne m'a jamais remarquée alors que j'étais là, à me morfondre face à tes fenêtres. Mais je n'ai jamais osé te parler... C'est par ta cuisine que tu as su toucher mon cœur. Quand tu es arrivé rue de Bagnolet, on pouvait sentir les parfums délicieux des plats que tu mijotais jusque dans mon appartement. J'en salivais toute la journée. Je me suis dit que tu étais poète et que tes vers s'écrivaient avec des épices et des agrumes. Et puis les odeurs se sont faites plus discrètes, jusqu'à disparaître complètement…

– J'avais arrêté de cuisiner, dit l'Ogre soudain sombre. Je n'avais pas le moral et plus d'argent.

– Oui, l'Ogre, et ça me désolait de te voir chaque jour te ratatiner un peu plus, t'aigrir davantage et vivre comme un ermite reclus dans ta grotte. Alors un jour j'en ai parlé à l'épicier Piotr, qui te connaît bien, et il m'a dit : « Ventrerond, c'est un bon garçon qui ne ferait pas de mal à une mouche, mais il dépérit sans la cuisine. » Donc je me suis décidée à mettre au point un stratagème : je t'ai inscrit au concours de gastronomie ogresque. J'ai ensuite utilisé mes talents de fée pour avoir l'apparence d'un facteur, d'une mamie, d'une princesse, et voilà… ni vu, ni connu, j't'embrouille… le tour était joué.

Ventrerond n'en revient pas.

– Alors c'est toi qui t'es enfuie en courant lorsque je me suis rendu à l'épicerie ? Mais pourquoi ? J'ai cru que je te faisais peur, que tu me… haïssais !

– Si je te haïssais, je ne t'aurais pas fui… Non, je pense que je t'aurais jeté un regard plein de dédain ! Mais l'amour… tu ne peux pas le dissimuler.

L'Ogre ne sait pas quoi répondre. Il a soudain très peur.

– À vrai dire… je ne suis pas très mariage, vie de couple et tout… lui fait-il, gêné. Disons que ma mère a englouti mon père et que… ça laisse des traces !

Mais tout à coup la voix de sa mère résonne de l'autre côté de la porte ; elle les espionnait depuis le début en faisant des gorges chaudes avec ses hideuses copines.

– Ce n'est pas moi qui ai gobé ton père, déclame-t-elle avec des ondulations dans la voix et en ouvrant la porte.

Heureuse de son effet, elle observe du coin de l'œil les ogresses qui la regardent avec des yeux ronds.

– Non, ce n'est pas moi, continue-t-elle pour faire durer le suspense.

Ventrerond attend la suite. La tension se fait sentir.

– Mais, qui alors ? finit-il par lui demander.

– Une autre a eu ce plaisir, dit-elle en restant vague.

– Qui, quoi, comment ? s'énerve Ventrerond.

– Je ne sais pas, je ne sais plus… fait-elle, évasive.

Soudain, la plus éméchée des ogresses s'exclame :

– Oui, je m'en souviens, de cette histoire ! Le chasseur dont tu t'étais amourachée était parti pour une autre en emportant toutes tes économies. Ha ha ha… La suivante était moins sentimentale et il a fini sur un pic à broche.

Toutes les copines de l'ogresse rient de la mésaventure, à s'en tenir les côtes.

Ventrerond, sous le choc de cette révélation, interroge sa mère :

– Pourquoi tu ne m'as rien dit ?

L'ogresse, d'un geste large, désigne ses copines qui crèvent toujours d'hilarité devant la porte.

– Pour ça, répond-elle, bourrue. Je n'aurais jamais supporté d'être la risée des ogres.

Ventrerond est sonné par cette déclaration. Dès cet instant, il réalise que sa mère n'est plus une étrangère. Elle avait aimé, souffert, s'était sentie perdue et, surtout, elle avait un cœur.

L'heure est aux retrouvailles.

– Maman, tu ne voudrais pas dire à tes copines d'aller voir ailleurs si j'y suis ? Et on se fait une petite grignote – en comité réduit, d'accord ?

L'ogresse fait un signe à la bande d'hystériques qui hoquette encore. Celles-ci s'en vont à regret.

Ventrerond se retourne vers Finefleur et lui demande :

– Ça te convient comme programme ?

– Oui, du moment que je ne suis pas au menu, lui dit-elle avec un clin d'œil.

Ventrerond sent soudain que c'est le moment, celui dans une vie où, plutôt que de rester sur place, de tergiverser ou même de faire marche arrière, il faut inspirer un grand coup et sauter à pieds joints en avant.

– Oh non, retorque-t-il, j'ai d'autres projets pour nous.

Et c'est avec une voix un peu trop aiguë, mais sûr de lui, qu'il annonce :

– J'aurais besoin de renfort dans le restaurant que je vais ouvrir rue de Bagnolet ; un ou une sous-chef, par exemple. Si la place te tente, elle est pour toi, ainsi que la moitié du restaurant. On l'appellera : *Les Papilles de Princesse*, ou : *La Fée gloutonne*, ou encore : *À belles dents*, c'est bien, ça, non ?

– Et pourquoi pas : *Les Papilles amoureuses* ? susurre la Fée en posant sur lui ses grands yeux dorés que décidément Ventrerond trouve bien charmants.

– Banco, c'est gagné : *Aux Papilles amoureuses* !

*

– Je n'en crois pas mes oreilles ! Comment ? Ne me dites pas que vous ne connaissez pas… non… *Aux Papilles amoureuses* ! Avoir un restaurant digne des plus grands, qui affiche des prix raisonnables, à côté de chez vous et n'y être jamais allé ! Mes amis, maintenant que vous savez, ce serait un crime de ne pas y réserver une table !

Piotr sermonnait ainsi tous ses clients et chacun quittait le magasin avec le terrible sentiment d'avoir raté quelque chose. Quelque chose d'énorme ! Et il n'était pas rare que les gens se précipitent le soir même pour aller vérifier les dires de l'épicier.

Petit à petit, le bouche-à-oreille fonctionna : la salle affichait complet tous les soirs. Et bien que les assiettes fussent parfois trop copieuses, elles séduisirent les humains autant qu'elles avaient autrefois charmé les ogres. En dépit du fait qu'on n'y mijotait pas d'enfants, l'ogresse y vint souvent (avec les bottes de sept lieues, elle arrivait en cinq minutes), accompagnée de ses amies, pour déguster des sangliers entiers rôtis à la broche ; si ces visites correspondaient parfois à la disparition soudaine de certains clients de l'arrière-salle, Ventrerond fermait les yeux, trop heureux de revoir sa mère. Piotr rendait aussi visite au couple, et Ventrerond préparait, spécialement pour lui, des roulades de bœuf avec de la choucroute. Son ami les savourait en fermant les yeux pour mieux se rappeler le goût de celles qu'il mangeait, enfant, à Cracovie.

Chapitre 12

L'Ogre et la Fée vécurent heureux derrière leurs fourneaux et eurent beaucoup de petits ogres raffinés et de petites fées voraces.

TABLE DES MATIÈRES

L'auteur souhaite remercier son éditrice, Aurélie Soubiran, pour ses conseils avisés et son agréable soutien. Ainsi que ses parents qui lui ont toujours fait confiance et l'ont accompagnée avec amour.

S. I.

Sabrina Inghilterra, née en 1984 dans la vallée de Chevreuse, se passionne pour l'histoire, la littérature et l'édition.

Elle vit actuellement en Angleterre, où elle peut manger des hot dogs au poulpe et des gâteaux de jelly à volonté avec sa fille, Diane.

Elle adore les B.D., les marionnettes à doigts, la couture et le dessin.

Elle se consacre également à l'écriture et replace les ogres et les monstres dans un cirque contemporain.

L'Ogre et sa princesse aux petits oignons est son premier roman.

Les romans Didier jeunesse

Mondes imaginaires, chroniques du quotidien,
humour, aventure. Une grande variété de genres,
portée par de nouvelles plumes acérées et tout en émotions.

Caprices ? C'est fini !
Pierre Delye
Illustrations : Albertine

Une histoire de princesse, mais aussi de pou, de bûcheron, de lièvres et de poils de barbe… Quelle histoire !

La Princesse était furibarde. *Me marier ? C'est absolument hors de question. Fille de roi, oui, femme de quelqu'un, non !* Elle regarda son père et changea d'expression. *Ah ! mon père, tu veux encore essayer de jouer au plus fin avec moi…* Elle lui prit la main et lui parla comme à un enfant de trois ans qu'il faut à tout prix calmer :
« Bien sûr, je suis d'accord avec vous, mon papa-roi…
– Ah ? dit le Roi plein d'espoir.
– Mais…
– Aïe, dit le Roi.
– Mais je ne suis pas n'importe qui…
– Ayaïe…
– Alors, je n'épouserai pas n'importe qui…
– Ayayaïe…
– Et donc, comment choisir celui qui aura l'honneur de devenir votre gendre ? »
La princesse se redressa et posa la main sur la couverture. Elle la montra à son père.
« Voilà ! J'épouserai celui qui sera capable de deviner de quel animal vient la peau qui a servi à faire ceci. Celui-là, et celui-là seulement, je daignerai en faire mon époux. »
Catastrophe, se dit le Roi, ma fille va devenir vieille fille et je vais devenir fou.

De Cape et de Mots
Flore Vesco

Une jeune héroïne aux multiples facettes, espiègle et impertinente à souhait, à la cour du roi…

Sa mère manqua de défaillir quand elle trouva la lettre d'adieu de Serine posée sur le manteau de la cheminée. Une série de silhouettes et des flèches expliquaient son départ pour la cour, dans le but de devenir demoiselle de compagnie.
La comtesse serra les lèvres. Évidemment, c'était à prévoir, étant donné l'entêtement légendaire de son aînée. Petite, déjà, elle fuyait par la fenêtre les jours où on l'enfermait pour réviser ses gammes. La comtesse ne savait plus que faire de cette enfant indépendante, obstinée, sincère jusqu'à l'insolence. Et si charmante que cela offensait les bienséances. Il suffisait à la jeune fille d'entrer dans une pièce pour éteindre tous ceux qui s'y trouvaient. Son père en était très fier, sa mère s'en désolait. Et Serine, heureusement, n'en avait pas le moindre soupçon. En observant plus attentivement les esquisses, la comtesse comprit que sa fille ferait son entrée au palais dans une charrette portant l'impôt sur le blé. Elle s'évanouit tout de bon.

La série LES FILOUTTINEN
Siri Kolu

Une série tout droit venue des routes givrées de Finlande, à la rencontre de la famille de bandits la plus loufoque du pays !

Tout remonte à l'été dernier. Quand on m'a kidnappée. Un kidnapping qui ne pouvait pas mieux tomber ! Les vacances étaient tellement mal parties… Il y avait bien eu un projet de rando à vélo, mais à cause d'une pauvre petite bruine, nous avions dû rester à la maison. Puis il avait été question d'aller camper, mais comme d'habitude, papa avait été retenu à cause de son travail, et nous n'étions pas partis. Lui, c'est un vrai champion pour nous organiser des vacances hors du commun – sans jamais nous demander notre avis à nous, ses filles. De toute manière, tout tombe toujours à l'eau. Ça fait belle lurette que je ne crois plus à ses promesses !

Les Filouttinen
Tome 1

Coup de bluff
Tome 2

Le Guide des guides
Tome 3

La série LE CŒUR EN BRAILLE
Pascal Ruter

Le Cœur en braille

Une comédie haute en couleur qui vous fera passer du rire aux larmes !

Pour finir la mère de Marie-José a apporté un grand plat, c'était la cérémonie du dessert, encore un truc italien, qui méritait un compliment.
– Génial ! Un Kamasutra ! Merci, j'adore ça !
J'ai tendu mon assiette avec le super sourire de la reconnaissance.
C'était la consternation totale, je m'en suis bien rendu compte, car je les surveillais du coin de l'œil.
– Un… un quoi ? a demandé Marie-José en détachant les syllabes.
– Un kamasutra, quoi, le dessert italien, là. On va le manger ou le mettre au musée ?
– Ça y est, j'ai compris, a dit le père de Marie-José. Un tiramisu ?
– Voilà, j'ai confirmé : un tiramisu.
Il y a eu un moment de recueillement, avec une ambiance divine d'exception.
Dans l'ensemble, j'ai trouvé que j'avais fait superbe impression.

Retrouve Victor, sa famille et ses amis dans des scènes délirantes pour parler de la vie, la vraie, celle qui n'a que faire du prêt-à-penser !

Le Cœur en braille, Trois ans avant

Le Cœur en braille

Le Cœur en braille, Quatre ans après

Pour en savoir plus et lire d'autres extraits, rendez-vous sur :
www.didier-jeunesse.com

La trilogie SUBLUTETIA
Eric Senabre

Une saga trépidante, mêlant histoire et fiction dans un univers passionnant.

Nathan et Keren ne pouvaient détacher leur regard de ce ciel improbable, ce fragment d'infini mystérieusement emprisonné dans le ventre de la capitale. Après des heures de fuite dans des dédales obscurs, ce bain de lumière était pour eux bien plus qu'un repas copieux ou une boisson fraîche – dont ils mouraient pourtant d'envie. Sans même s'en rendre compte, Keren serra un peu plus fort la main de Nathan. Ils n'avaient fait que descendre, toujours plus profondément : comment le ciel pouvait-il être au-dessus de leur tête ?

La Révolte de Hutan
Tome 1

Le Dernier Secret de maître Houdin
Tome 2

Le Ventre de Londres
Tome 3

La série JONAH

Taï-Marc Le Thanh

Découvrez un extrait du tome 1, **Les Sentinelles** :

Jonah était né sans mains.

Lorsqu'il sortit du ventre de sa mère, la sage-femme constata cette terrible malformation, mais sous le coup de la surprise, elle ne put émettre qu'un petit :

– Oh !

Elle ajouta aussitôt :

– Quel beau bébé !

Et elle le posa délicatement sur la poitrine de la mère, qui, respirant avec difficulté, murmura :

– Mon petit Jonah.

L'enfant restait muet. La sage-femme, Miss Atterton, car tel était son nom, fronça les sourcils. Un enfant qui ne pousse aucun cri à sa naissance ne peut que présager de terribles augures, qui plus est quand il naît sans mains. Elle se signa rapidement et tapota doucement le dos du bébé, en attendant le cri qui permettrait aux poumons du nouveau-né d'acquérir leur fonction respiratoire. Elle tendit l'oreille et crut déceler un faible souffle. C'était la première fois qu'elle se trouvait confrontée à un phénomène aussi inexplicable. Elle quitta prestement la pièce.

– Mon petit Jonah, répéta la mère.

Autres titres de la série :

Le Retour du Sept
Tome 2

La Balade d'Adam et Véra
Tome 3

La Nuit des Fugitifs
Tome 4

Au-delà de l'Océan
Tome 5

Le Jardin de Siàn
Tome 6

Des surprises et des cadeaux à gagner sur www.jonahlelivre.com

Le Dernier Songe de Lord Scriven
Eric Senabre

Un duo de détectives des plus attachants, une intrigue palpitante entre bas-fonds londoniens et secrets d'Etat, dans l'Angleterre du début du siècle. So british !

Le client qui se présenta à nous, grand, carré, avec les cheveux crantés et une fine moustache cirée, n'avait en soi rien de particulièrement remarquable. Dès ses premiers mots, en revanche, je sus que nous allions aborder un cas plus tordu encore qu'à notre habitude.
« Monsieur Banerjee, on m'a dit le plus grand bien de vous, commença-t- il. Je pense que vous êtes l'homme de la situation.
– J'espère ne pas vous décevoir. Puis- je savoir ce qui vous amène ?
– Bien sûr. Je voudrais savoir qui m'a assassiné. »
Je sursautai ; même Banerjee ne put réfréner une mimique d'étonnement.
« Vous voulez dire que quelqu'un a essayé de vous assassiner ?
– Non. J'ai *été assassiné.*
– Vous seriez donc mort ?
– Exactement. »

L'Enfant et le Masque de fer

Jean-Pierre Kerloc'h

Une captivante quête identitaire à la cour du roi, sur les pas du mystérieux Masque de fer : quand le roman historique croise la légende…

– Ma petite Marie-Anne chérie, écoutez-moi bien. Bientôt, je serai au ciel. Le comte d'Artagnan m'a juré de veiller sur vous. Écoutez bien ce que je vais vous dire : cachée dans mon clavecin, vous trouverez une fine pochette en cuir. Elle contient une enveloppe de parchemin, cachetée de cire rouge. Prenez cette pochette et ne vous en séparez jamais. Et non plus, ne la montrez à personne. Je dis bien : à personne. Et jurez-moi d'attendre le jour de vos quinze ans pour l'ouvrir, briser le sceau et lire ma lettre. Promettez-moi également de n'en parler à personne. À personne… Promettez-moi…

Marie-Anne fondit en larmes et jura.

Un prêtre entra. Il prit Marie-Anne par l'épaule, et à pas très doux l'emmena hors de la chambre.

Le lendemain matin, on trouva Geneviève Delamotte endormie pour toujours.

Bluebird

Tristan Koëgel

Le destin incroyable d'une jeune chanteuse de blues, la vie de toute une plantation de coton qui bascule, un souffle romanesque prodigieux.

Par la fenêtre s'étalait sous mon nez la vallée du Mississippi. Vaste. Verte. Elle n'était pas vilaine, cette vallée. Les hauts arbres de ses forêts où nichaient des milliers d'oiseaux la rendaient presque réconfortante quand on venait de la ville. Et ses champs, ses champs si grands, on s'y voyait courir, le parfum de leurs fleurs nous faisait déjà tourner la tête. Mais si on tendait l'oreille, au plus près de ces champs, on entendait monter une drôle de voix, par-dessus les forêts, plus haut que les nuages. La voix de ceux qui ont sculpté le Delta. La voix de ces hommes, et de ces femmes, qu'on disait libres et qui travaillaient pourtant comme des chiens, là où leurs ancêtres avaient déjà creusé leur tombe en raclant contre la terre les chaînes qui leur rongeaient les pieds. Ces voix ne gémissaient pas, ces voix chantaient. Des chansons où les chevaux s'évadent, où les lapins échappent aux renards, où les corbeaux sont plumés, et où les femmes finissent par s'en aller.

Voilà vers quoi je retournais, six ans plus tard, installée dans ce compartiment comme une princesse dans son carrosse.

60-62, rue Saint-André-des-Arts
75006 Paris
www.didier-jeunesse.com
Graphisme : Jeanne Mutrel
www.letmebebold-design.com
Conception graphique de couverture : Sophie Chaussade
Composition, mise en pages et photogravure : IGS-CP (16)
ISBN : 978-2-278-08166-0 • Dépôt légal : 8166/01
N° d'impression : 1601440
Loi n° 49-956 du 16 juillet 1949 sur les publications destinées à la jeunesse

Achevé d'imprimer en France en avril 2016 chez Normandie Roto Impression s.a.s., imprimeur labellisé Imprim'Vert, sur papier composé de fibres naturelles renouvelables, recyclables, fabriquées à partir de bois issus de forêts gérées durablement.

- Feldsalat ✓
- Coquille St. Jakob ✓
- Schwarzwurzel —
- Griebenkrokant —
- Blutpetersilie ✓
- Essig Goldcracker ✓
- Bund Schnittlauch ✓
- Apfelessig 1 Fl. ✓
- frischer Wintertrüffel —
- Traubenkernöl ✓
- Kabel ✓
- [illegible] ✓

5 4 3 2 1
ISBN 3-88117-696-9

Herausgeber: Wolfgang Lechner, Zeitverlag Gerd Bucerius GmbH & Co. KG
Fotos: Manfred Klimek
Gestaltung & Reproduktion: Frische Grafik, Hamburg
Redaktion: Monika Römer, Hölker Verlag

Printed in Germany

WOLFRAM SIEBECK

DEUTSCHE KLASSIKER

10 SPITZENKÖCHE ZU GAST

Hrsg. von Wolfgang Lechner

Fotos von Manfred Klimek

DIE ZEIT *edition im* HÖLKER VERLAG

Inhalt

Vorwort

Wir leben in aufregenden Zeiten. Grenzen fallen, die Welt rückt zusammen, das elektronische Netz verbindet uns mit dem letzten Winkel der Erde und liefert eine Fülle von Informationen, von denen all die Generationen vor uns nur träumen konnten. Wir fliegen übers Wochenende nach Paris oder Venedig und verbringen den Urlaub an tropischen Stränden.
Und wir erleben, wie fremde und spannend andere Kulturen sich mit der unseren mischen – und mehr denn je auch in der Küche. Spaghetti mit Tomatensauce sind schon (fast) ein deutscher Klassiker, Pizza, Döner, Tapas und Nasi Goreng brauchen keine Übersetzung mehr.
Die thailändische ist nach der italienischen die populärste ausländische Küche in Deutschland, Polenta gibt es in jedem Supermarkt und Kokosmilch bei Aldi.

Doch das war nicht immer so. Durch viele Generationen hat die deutsche Küche ausländische Einflüsse ausgegrenzt. Während die österreichische Küche dank all der böhmischen Köchinnen und der ungarischen Hausmädchen schon immer eine „Fusion-Küche" war und sogar die Franzosen, denen wir jedes Maß an Chauvinismus zutrauen, in ihrer Pariser Bistro-Küche offen für spanische, italienische und sogar deutsche Einflüsse waren, blieb man in Deutschland lieber bei den althergebrachten Rezepten des Landes und glaubte, sich so redlich zu nähren. Sogar die Lebensmittel, die nach der Entdeckung Amerikas nach Europa kamen und ohne die unser Speisezettel heute gar nicht mehr denkbar wäre – die Kartoffel, der Mais, die Tomate – setzten sich in Deutschland nur langsam durch. Noch 1786 berichtete der hannoveranische Militärpfarrer C. F. H. Lindemann in seiner „Beschreibung der Insel Minorka" (Menorca, die Balerareninsel) von den „Pommes d'Amour", die in Deutschland „ganz unbekannt" seien und die „die Minorkaner zu Zeiten an der Suppe" äßen, „die aber dadurch für eine deutsche Zunge ganz verdorben wird". Kaum zu glauben, dass die Tomate, die sich hinter dem „Liebesapfel" verbarg, heute das meistgegessene Gemüse in Deutschland ist.

Und auch die deutschen Spezialitäten, die es so gibt, blieben von fremden Einflüssen unberührt. Nur die Königsberger Klopse, in denen Kapern und Sardellen eine Rolle spielen, zeugen von der Weltoffenheit der Menschen an der damals noch deutschen Ostseeküste. Und diese Weltoffenheit war andererseits wahrscheinlich die Voraussetzung dafür, dass ein Immanuel Kant Königsberg sein Leben lang nicht verlassen musste und trotzdem die Welt erklärte wie kein anderer.

Heute, wie gesagt, ist das anders. Mit deutscher Gründlichkeit haben wir den Spieß umgekehrt und interessieren uns nur noch für die Küche unserer Nachbarn und aller anderen Kulturen auf der Welt. Die Globalisierung der Küche: In Deutschland hat sie umfassender stattgefunden als in jedem anderen Land Europas (außer vielleicht in Island, aber das ist eine andere Geschichte).

Und es ist gleichzeitig der Preis für diese Weltoffenheit, die wir zu unseren Lebzeiten erstmals erleben dürfen, und die Folge der bisherigen Isolation, dass es einen so deutlichen Unterschied gibt zwischen der Welt der klassischen deutschen Gerichte und der kulinarischen Welt, in der der Fortschritt stattfindet und in der Michelin-Sterne erkocht werden.
Wolfram Siebeck, der große alte Mann der deutschen Gastronomie-Kritik, hat es immer wieder bedauert, dass in Österreich und Spanien, und in Frankreich und Italien ohnehin, Spitzenköche versuchen, die regionalen und einheimischen Spezialitäten weiterzuentwickeln und zu perfektionieren, nicht aber in Deutschland.

Daraus ist die Idee zu einem ZEIT-Sommerseminar und zu diesem Buch entstanden. Wir fragten die ZEIT-Leser, welche zehn Gerichte nach ihrer Meinung die typischsten für Deutschland seien, und es siegte ganz deutlich die Rinderroulade. Aber auch Sauerbraten, Kässpätzle, Bratkartoffeln, Grünkohl, Labskaus und die anderen Gerichte, um die es in den Menüs dieses Buches geht, stellten sich als Lieblingsgerichte der ZEIT-Leser heraus.

Dann mussten wir nur noch zehn deutsche Sterneköche und zehn deutsche Spitzenwinzer einladen auf die badische Burg, in der Wolfram Siebeck wohnt, mussten klarstellen, dass es nicht darum ging, die althergebrachten Rezepte sklavisch nachzukochen, sondern kreativ zu sein, zu verfeinern, zu modernisieren – und ein paar Auserwählte (darunter Wolfram Siebeck, seine Frau Barbara und der Herausgeber dieses Buches) konnten die deutschen Klassiker auf ganz neue Art genießen. Die Klassiker – und natürlich auch die Weltoffenheit einer neuen deutschen Küche, die auch Leckereien wie Jakobsmuscheln und Trüffeln die Grenzen passieren lässt.

Dieses Buch aber will alle, die unsere Zeiten aufregend finden und sich gleichzeitig gern an die Aromen ihrer Kindheit erinnern, an diesem Experiment in Wolfram Siebecks Burgküche teilhaben lassen.

Alfred Klink

Menü zur Rinderroulade

Medaillon vom Kabeljau mit Senfkörner-Hollandaise
auf Artischocken und Ofentomaten

Rinderroulade mit Morcheln gefüllt auf
Maderrasauce mit grünem Spargel und
Kartoffelpüree mit Röstzwiebeln

Topfenschaum im Orangen-Mandel-Körbchen auf
Vanilleparfait mit Rharbarber-Himbeer-Grütze

A. Klink

Alfred Klink

Medaillon vom Kabeljau mit Senfkörner-Hollandaise auf Artischocken und Ofentomaten

Rinderroulade mit Morcheln gefüllt auf Madeirasauce mit grünem Spargel und Kartoffelpüree mit Röstzwiebeln

Topfenschaum im Orangen-Mandel-Körbchen auf Vanilleparfait mit Rhabarber-Himbeer-Grütze

Beginnen wir mit einer richtigen Ausnahmeerscheinung von einem Koch. Und gleichzeitig mit jenem Gericht, das nach unserer Umfrage den ZEIT-Leserinnen und -Lesern als das typischste deutsche Gericht gilt. Beginnen wir mit Alfred Klink und mit der Rinderroulade.

Alfred Klink steht seit 20 Jahren im Hotel Colombi zu Freiburg im Breisgau als Küchenchef am Herd. Buchstäblich, denn Urlaub gönnt er sich kaum. Gegenüber dem Hotelier Roland Burtsche ist er loyal bis zur Selbstaufgabe. Sein Perfektionismus, der in den Konstruktionen seiner Gerichte so deutlich ist, erstreckt sich auch auf seine Aufgabe als Teamchef. Ich habe selten eine Mannschaft erlebt, deren Leistungen so vorbildlich und – dies vor allem – so gleichmäßig sind, wie die der weißen und schwarzen Brigaden im Colombi.
Hier erlebe ich jedes Mal die große Küche, wie sie bei anderen Adressen unter ständiger Anteilnahme von Fernsehteams und Claqueuren zelebriert wird. Die Bescheidenheit von Alfred Klink wie auch seine Vernunft verhindern den zirzensischen Aufwand. Was unter anderem zur Folge hat, dass seine Gäste, die mittags und abends, sommers wie winters das Restaurant füllen, nicht zur Befriedigung ihrer Neugier kommen, sondern weil sie mit der Küche des Colombi vertraut sind und wissen, dass sie hier für ihr Geld mehrsternig bekocht werden.
Dass Klink niemals mehr als den einen Michelin-Stern besitzen wird, den er schon vor zig Jahren verliehen bekam, ist ihm bewusst. Davor bewahrt ihn die aufwendige und, für ein Hotel wie das Colombi, unverzichtbare Bankettküche. So etwas mögen die Tester nicht.

Alfred Klink also stand eines Morgens in meiner Burgküche, und weil die Rinderrouladen viel arbeitsaufwendiger sind als der Fisch, den er sich als Vorspeise ausgedacht hatte, wurden sie als erstes zubereitet.
Und zwar so:
Für die Farce 2 sehr fein gehackte Schalotten in Olivenöl oder Butter goldgelb anbraten. Eingeweichte, ausgedrückte und nicht zu fein gehackte Morcheln zugeben und unter Rühren mitbraten. Knoblauch und frische Kräuter untermischen. Dann mit Cognac, Madeira und weißem Port ablöschen. Dieser Cocktail verstärkt das Aroma der Morcheln. Vollständig einkochen lassen. Würzen und kalt stellen.
In einer Schüssel, die im Winter auf Schnee, ansonsten auf Eiswürfeln kalt gehalten wird, püriert Klink nun 160 Gramm mageres Kalbfleisch zusammen mit 60 Gramm Gänseleberterrine, 120 Milliliter Sahne und 1 Esslöffel Crème fraîche. Das Kalbfleisch darf ruhig etwas angefroren sein. Sahne und Crème fraîche werden nach und nach untergemixt. Wichtig ist, dass die Masse sehr kalt gehalten wird. Als Würze kommt mit Salz vermischtes Pastetengewürz ins Spiel. Von dieser Masse, die im Mixer gequirlt wird, gibt er die Hälfte zu den Morcheln.
Nun wendet er sich der Oberschale zu.

Von diesem riesigen Stück Rindfleisch schneidet der Koch 4 dünne Scheiben von je 120 Gramm ab. Da sie ihm längst nicht dünn genug sind, macht er, was jeder Koch macht, der zum Beispiel Wiener Schnitzel braten will: Er klopft die Fleischscheiben platt. Dazu legt er auf ein Holzbrett ein Stück Plastikfolie, das doppelt so groß wie das Brett ist, platziert darauf eine Fleischscheibe, die mit dem überhängenden Teil der Folie zugedeckt wird. Dann greift er zu einem Plattiereisen oder zum Beispiel zu einem Küchenbeil, mit dessen flacher Seite er auf die Fleischscheibe einschlägt, bis sie sehr dünn geworden und fast auf ihre doppelte Größe angewachsen sind.

Da das Fleisch durch die Folie geschützt ist, kann nichts spritzen, festkleben oder zerreißen. Ein simpler, aber wirkungsvoller Trick!

Bereits zuvor hat Klink Karotten und Sellerie in 1 Zentimeter dicke Stangen von je 12 Zentimetern Länge geschnitten. Die werden in Öl bei sehr schwacher Hitze in einem Topf leicht angebraten und unter geschlossenem Deckel geschmort. Von Zeit zu Zeit kontrolliert der Koch ihren Zustand und dreht sie auf eine andere Seite (kann vorbereitet werden).

Die fertig plattierten Fleischscheiben legt Alfred Klink auf ein mit Salz bestreutes Brett so nebeneinander, dass sie ihm ihre schmale Seite zuwenden. Dünn mit der Fleischfarce ohne Morcheln bestreichen. Nun belegt er sie mit vorbereiteten, das heißt blanchierten und zurechtgeschnittenen Wirsingblättern. Sie werden gesalzen und gepfeffert und sodann wieder mit der Kalbsfarce ohne Morcheln dünn bestrichen. Jetzt kommen die geschmorten, gleich lang und gleich dick geschnittenen Stangen von Sellerie und Karotten ins Spiel. Sie sind gar, aber keineswegs weich. Von diesen Stangen legt Klink auf jede Fleischscheibe 8 Stück, quer, abwechselnd Karotte und Sellerie. Sie bedecken nicht einmal die Hälfte der langen Scheiben und werden nun mit der Morchelfarce bestrichen. Dann beginnt der Küchenchef, sie vorsichtig von unten aufzurollen. So verwandeln sich 4 aufwendig konstruierte Fleischscheiben in 4 dicke Rollen. Jetzt Küchengarn her und sie zu kleinen Paketen verschnüren! Die Rindsrouladen sind bratfertig. Also werden sie in einem großen Topf angebraten, in dem sie genügend

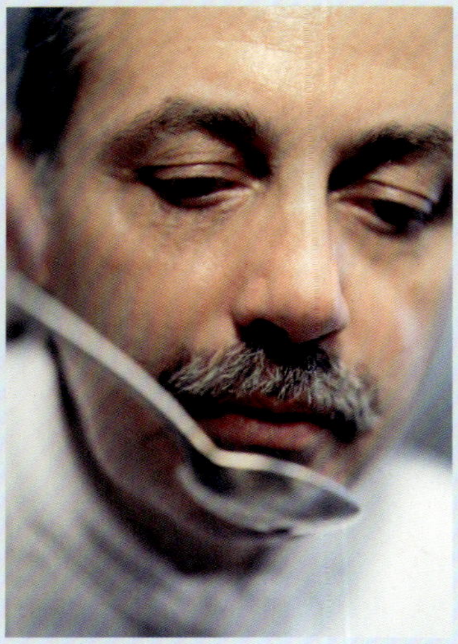

Platz haben, um nebeneinander zu liegen, bis sie rundherum Farbe angenommen haben. Dann kommen sie für 25 Minuten in den 180 °C heißen Backofen. Danach werden die Rouladen mit grob geschnittenen Tomaten, Zwiebeln, Knoblauch, Karotten, Sellerie und Champignons bestreut und zusätzlich mit Lorbeer, Rosmarin, Salbei, Nelke, Koriander, Salz und Pfeffer gewürzt. Deckel drauf und zurück in den Ofen, für weitere 10 Minuten, jetzt bei 160 °C!
Als Krönung entsteht eine Sauce, für die wiederum Schalotten angedünstet und mit gehacktem Knoblauch sowie gewaschenen und klein geschnittenen Morcheln vermischt werden. Danach mit der bekannten Alkoholdusche (Madeira, Cognac und weißer Port) ablöschen, mit Rouladenschmorfond und Kalbsjus auffüllen, mit frischen grünen Kräutern würzen. Mit Sekt und kalter Butter abrunden und nach dem Passieren mit Sahne vollenden.
So einfach ist der Zugang zur feinen Küche. Sieht man jedoch einem Küchenchef wie Manfred Klink bei der Arbeit zu, erscheinen einem die einfachen Dinge höchst kompliziert. Nämlich wenn klar wird, dass man nicht wie Klink acht Arme besitzt, um gleichzeitig eine Hollandaise aufzuschlagen, mit links die Bratkartoffeln in der Pfanne kunstfertig in der Luft zu wenden und mit der dritten Hand die Hitze des Herdes zu regulieren, während man weitere Hände braucht, um abzuschmecken, nachzusalzen und dergleichen Kleinigkeiten mehr zu erledigen. Zu den Kleinigkeiten gehört die Konstruktion der Madeirasauce. Ihr Anfangsstadium habe ich bis zur Alkoholdusche beschrieben. Im Ofen braten inzwischen die Rouladen und kriegen nach den insgesamt 35 Minuten etwas Weißwein und Kalbsfond ab. Weitere 30 Minuten schmoren und bei Bedarf etwas Fond nachgießen.

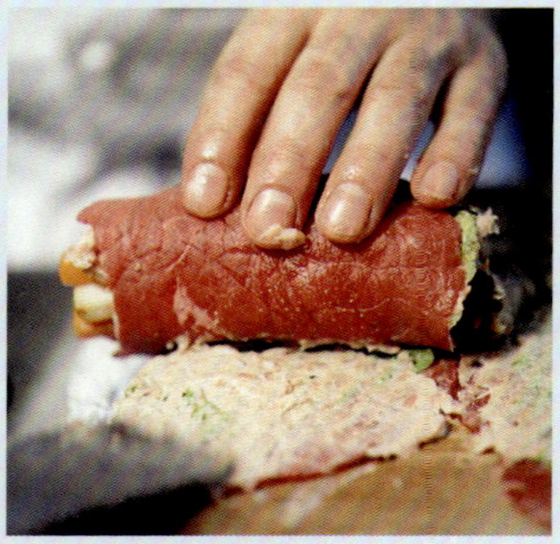

Dann die Rouladen herausnehmen und warm stellen, den Schmortopf mit dem Gemüse auf dem Herd erhitzen, restlichen Wein und Fond angießen und 5 Minuten leicht kochen lassen. Abschmecken. Durch ein Passiertuch gießen und ausdrücken. Dieser Schmorsaft wird mit der Madeirasauce vereint, es werden frisch gehackte Kräuter beigegeben und dunkle Kalbsjus. Einkochen lassen, kalte Butter und ein Glas Sekt dazumischen, ein Drittel der Sauce passieren und darunter etwas geschlagene Sahne ziehen. So haben wir sogar zweierlei Morchelsaucen. Sollte irgendwo das Gerücht entstanden sein, die deutsche Küche sei einfach und primitiv, dürfte dieses Gericht die Skeptiker vom Gegenteil überzeugen. Zumal es noch nicht vollständig ist. Als Beilage empfiehlt Klink Kartoffelpüree, dessen Beschreibung ich mir erspare, weil ich annehme, dass meine Leser die Technik kennen, mit der es hergestellt werden kann, ohne dass dabei eine Tüte aufgerissen werden muss.

Aber das leichte Sommergemüse ist es eine detaillierte Beschreibung wert: 12 bis 16 grüne Spargelstangen werden um das untere Drittel verkürzt, in Salzwasser bissfest blanchiert, in Eiswasser abgeschreckt und abgetrocknet, danach halbiert. Die untere Hälfte in schräge Scheiben schneiden. Walnussöl und Butter in einem Topf erhitzen. Darin die schrägen Stücke und die oberen Stangenhälften andünsten. Etwas Kalbsfond angießen. Mit Salz, Pfeffer, Muskat und Zitronensaft würzen.

Das Menü begleiteten die Weine von Wolf Salwey (Oberrotweil, Kaiserstuhl) auf ideale Weise. Zu den Rouladen waren es zwei Spätburgunder des Jahrgangs 2002, beide von der Lage Kirchberg, die uns entzückten. Bei der wunderbaren Vorspeise, die Alfred Klink in der Mahlberger Burgküche ebenso perfekt demonstrierte wie seine Rindsrouladen, ging es etwas lockerer zu. Nicht dass Unregelmäßigkeiten gestattet gewesen wären oder gar Abweichungen vom Masterplan. Aber das Braten von

Fischfilets ist nun mal nicht so kompliziert. Erst recht nicht, wenn es sich um so dicke Filets handelt, wie sie dieser Kabeljau besaß. Sie hatten, nachdem sie vom Meisterkoch in Portionsstücke zerlegt worden waren, die Form und Größe eines schweren und dicken Stücks vom Rinderfilet (je ca. 80 Gramm) und waren genau so zart und saftig. Sie wurden so dünn bemehlt, dass das Mehl nur noch daran zu erkennen war, dass die Fischstücke nicht mehr feucht glänzten. Gesalzen wurden sie zu diesem Zeitpunkt nicht, denn das war schon etwa 5 Stunden vorher geschehen!

Klink hatte das Fischfilet mit Meersalz gewürzt und stramm in Klarsichtfolie eingerollt. Dadurch bekommen sie eine festere Konsistenz, was das Dämpfen oder Braten erleichtert!

Jetzt setzte er die Filets vorsichtig in eine mit Olivenöl ausgestrichene Pfanne und briet sie ruck, zuck von beiden Seiten. Danach kamen sie für 6 bis 8 Minuten in den 200 °C heißen Ofen und wurden abschließend mit etwas Zitronensaft beträufelt. Fertig. Fertig waren auch die anderen Bestandteile dieses herrlichen Essens. Bloß waren die nicht so einfach herzustellen wie die Medaillons vom Kabeljau. Es handelt sich dabei um 1) Artischockengemüse, 2) Ofentomaten, 3) Tomatenjus und 4) um eine Sauce hollandaise mit Senfkörnern.

Am aufwendigsten ist die Herstellung der Tomatenjus, welche für den Geschmack der Vorspeise unerlässlich ist. Dazu werden Schalotten-, Knoblauch-, Karotten-, Knollen- und Staudenselleriewürfel in Olivenöl angeschwitzt. Dann fügt man gewürfelte Fleischtomaten, geschälte italienische Tomaten und diverse Gewürze hinzu. Eventuell auch etwas Wasser. 20 Minuten kochen lassen, dabei gelegentlich umrühren. Sodann wird ein Topf mit einem Sieb aufgestellt, welches mit einem Passiertuch ausgelegt ist. Dahinein die Sauce füllen. Abkühlen lassen. Dann das Passiertuch zusammenfalten, drehen und ausdrücken. Dabei fließt der Tomatensaft in den Topf. Die Jus erneut erhitzen und reduzieren. Zuletzt mit Olivenöl und Salz abschmecken.

Nicht weniger kunstvoll ist die Herstellung des Artischockengemüses. Dazu werden von den Artischocken Stiele und Blätter abgebrochen.

„Wenn", schrieb Wolfram Siebeck 1984 in der ZEIT, „die Feinschmecker aus Freiburg längst nicht mehr so selbstverständlich ins nahe Elsass fahren", so habe das auch mit dem Colombi-Hotel und dessen Chefkoch Alfred Klink zu tun. Und deshalb „warte ich nun ... auf einen zweiten Stern für das Colombi-Hotel."

Mehr als 20 Jahre später spricht es nicht gegen Alfred Klink, sondern gegen den Guide Michelin, dass es bis heute bei dem einen Stern geblieben ist. Und Wolfram Siebeck isst im Colombi-Hotel, wann immer er von seiner Wohnung in der Burg ins nahe Freiburg kommt. Das Hotel, schreibt er, ist „das Ziel meiner Sehnsucht, wenn ich mich der grün regierten Stadt mit ihren Radfahrern nähere."

Dabei kocht Alfred Klink nicht nur im Gourmetrestaurant, er ist als Küchendirektor auch für den Bankettbetrieb zuständig und jeden Winter für das Restauranttheater „Palazzo Colombino".

Colombi Hotel
Am Colombi-Park
79098 Freiburg
Tel. 07 61/210 60

Das Herz ausschaben und die Böden sauber parieren; sofort mit Zitronensaft einreiben, sonst werden sie braun. Die Böden klein würfeln. Schalotte, Karotte, Sellerie und Lauch in winzig kleine Würfel schneiden. In einem Topf in Olivenöl anschwitzen. Gewürfelte Artischockenböden dazugeben, würzen und dünsten. Dann mit Weißwein und Kalbsfond ablöschen und bissfest garen.
Nun kommt das wichtigste Detail dieses Rezepts, die Hollandaise. Das in Amateurkreisen verbreitete Gerücht, eine leckere Hollandaise sei leider schwierig herzustellen, widerlegte Alfred Klink mit der linken Hand. Mit der schüttelte er nämlich eine Pfanne, in der er Kartoffeln briet. Für die Hollandaise benutzte er nur seine rechte: Wasser, Weißwein, Schalotten, Essig und Pfeffer reduzierte er kochend um zwei Drittel. Nach dem Abkühlen schlug er die Reduktion mit Eigelb und wenig Weißwein über Wasserdampf schaumig. Am Herdrand setzte er

dann tropfenweise die zerlassene Butter zu und schlug sie zur Creme. Abgeschmeckt wurde sie mit Senfkörnern, Cayenne, Salz und Zitronensaft. Die Hollandaise wird über die fertigen Fischstücke gelöffelt, welche ihrerseits auf dem Artischockengemüse liegen. Zum Schluss kommt noch die Tomatenjus dazu. Zusätzlich werden Kirschtomaten halbiert, gewürzt, mit Olivenöl beträufelt und 5 bis 8 Minuten bei 120 °C im Ofen gebacken. Dann auf den Tellern um die Fischmedaillons gelegt. Dazu ein 2003er Weißburgunder von Wolf Salway – Herz, was willst du mehr?

Es war ein perfektes Essen.

Aber das war erst die Vorspeise. Fehlt also noch das Dessert. Auch das ist nur auf den ersten Blick eine einfache Sache. Bis man aber alle Einzelheiten fertig zusammengestellt hat, vergeht schon eine ganze Weile. Schließlich heißt das Dessert mit vollem Namen „Topfenschaum im Orangen-Mandel-Körbchen auf Vanilleparfait mit Rhabarber-Himbeer-Grütze". Es gibt Adelige, die haben solche Namen und wirken auf ihre Umgebung gar nicht wie ein köstliches Dessert.

Doch den Topfenschaum will ich nicht unterschlagen. Er ist das einfachste Detail der Nachspeise. Dafür wird Eiweiß mit Zucker in der Küchenmaschine zu einem cremigen Eischnee geschlagen. Gleichzeitig werden Quark, Zitronen- und Orangenabrieb, der Saft der beiden Zitrusfrüchte, noch einmal Zucker, das Mark einer Viertel Vanilleschote und flüssige Sahne miteinander vermischt. Dann die geschlagene Sahne unter die Quarkmasse heben und erst ein Drittel des Eischnees unterrühren und anschließend den Rest behutsam unter die Masse heben. Diese wird über Nacht kalt gestellt, indem man sie in einen mit einem Handtuch ausgelegten Locheinsatz gibt. Für die Weiterverarbeitung dieses feinen Topfenschaums wird jede bessere deutsche Hausfrau eine gute Lösung finden, da bin ich mir sicher.

Die zahlreichen Zutaten und die dafür vorgeschriebenen Mengen allerdings sollte der Amateur nicht zu wörtlich nehmen. Nur wer das Kochen quasi professionell betreibt, wird alles bis ins Letzte vorbereitet haben, die frisch gehackten Kräuter, die abgewogenen Buttermengen, die Pfeffer-und-Salz-Mischungen, die verschiedenen Fonds, und was da sonst noch zu den Grundsubstanzen dieses anspruchsvollen Menüs gehört. Profis wie Klink beginnen erst gar nicht zu arbeiten, wenn dieses Mise en place nicht vorbildlich ausgeführt wurde. Ich meine: In unseren Privatküchen ist etwas Nachsicht – und Nachlass – durchaus angebracht. Statt 10 Pfefferkörnern können es auch mal 20 oder nur 5 sein. Und wenn für eine Tomatensauce zwei verschiedene Tomatensorten vorgeschrieben werden, sollten wir uns mit einer Sorte begnügen dürfen, wenn die Auswahl nicht reicht.

Die Herstellung des Vanilleparfaits funktioniert auch nach der Methode der Amateure (die übliche, primitive), da erscheint mir das Hantieren mit Glukose, Gelatine und einem Zuckerthermometer nur erforderlich für Profis und Perfektionisten. Erst recht ist die Konstruktion des Orangen-Mandel-Körbchens bestenfalls eine Aufgabe für jene, die schon den Kölner Dom aus Streichhölzern nachgebaut haben.

Weinbau hat viel mit Tradition zu tun. Deshalb ist man im Weingut Salwey stolz darauf, dass es seit dem Jahr 1763 in Familienbesitz ist. Und auch wenn mit Konrad Salwey bereits die jüngste Generation in den Betrieb eingetreten ist:

Sein Vater Wolf-Dietrich Salwey ist nach wie vor für die Rotweine verantwortlich.

Weshalb „Wolf" Salwey auch persönlich mit einer Kiste voll Probierflaschen zu Wolfram Siebecks Burgwohnung gekommen war, von der man ja Sichtverbindung hat hinüber zum Kaiserstuhl.

Und außer den Spätburgundern vom Oberrotweiler Kirchberg war es noch ein ganz anderes Produkt, das Wolf-Dietrich Salwey mit in die Burgküche gebracht hatte und das alle Anwesenden begeisterte: ein unglaublich delikates Walnussöl, das er in einer lokalen Ölmühle pressen lässt und über sein Weingut vermarktet.

Weingut Salwey
Hauptstraße 2
79235 Oberrotweil (Baden)
Tel. 076 62/384
www.salwey.de

Medaillon vom Kabeljau

mit Senfkörner-Hollandaise auf Artischocken und Ofentomaten

Kabeljaufilet

320 g Kabeljaufilet, Meersalz
Pfeffer aus der Mühle

Das filetierte Kabeljaufilet 5–6 Stunden vor der Zubereitung salzen und in Klarsichtfolie einrollen. Kühl stellen.

Tomatenjus

4–5 EL Olivenöl
2 Schalotten, gewürfelt
3 Knoblauchzehen, zerdrückt
5–6 große rote Fleischtomaten
250 g geschälte Tomaten (Dose)
je 40 g Karotten und
Knollensellerie und
20 g Staudensellerie, gewürfelt
1 Gewürznelke, 1 Lorbeerblatt
4 Pfefferkörner, 6 Korianderkörner
1 Msp. Kreuzkümmel, 2 Sternanis
1/2 TL Zucker, Salz

In einem Topf 3 Esslöffel Olivenöl erhitzen und Schalotten und Knoblauch darin anschwitzen. Grob gewürfelte Fleischtomaten, geschälte Tomaten und restliches Gemüse dazugeben. Eventuell etwas Wasser angießen. Würzen. Etwa 20 Minuten kochen lassen, dabei gelegentlich umrühren. Einen Topf mit einem Sieb aufstellen und darin ein Passiertuch ausbreiten. Tomatensauce hineingießen und etwas abkühlen lassen. Dann durch Drehen und Ausdrücken des Passiertuchs in den Topf fließen lassen. Wieder auf den Herd stellen und die Jus reduzieren. Mit dem restlichen Olivenöl und eventuell Salz nachschmecken.

Artischockengemüse

2–4 Artischocken (je nach Größe)
Zitronensaft, je 1 Schalotte
1 Karotte, 1 Knollensellerie und
1 Stange Lauch, sehr fein gewürfelt
Olivenöl
Salz, Pfeffer aus der Mühle
etwas Weißwein, etwas Kalbsfond

Von den Artischocken die Stiele und Blätter abbrechen. Das Herz herauslösen. Böden parieren, sofort mit Zitrone einreiben und klein würfeln. Schalotte, Karotte, Sellerie und Lauch in erhitztem Olivenöl andünsten. Artischockenböden dazugeben, würzen und kurz mitdünsten. Mit Wein und Kalbsfond ablöschen und bissfest garen.

Ofentomaten

6 Kirschtomaten
Rosmarin, Thymian
2 Knoblauchzehen, Olivenöl

Die Kirschtomaten waschen, trockentupfen, halbieren und mit Olivenöl, Rosmarin, Thymian und zerdrückter Knoblauchzehe bei 120 °C 5–8 Minuten im Backofen garen.

Senfkörner-Hollandaise

5 EL Weißwein, 5 EL Wasser
1 EL Estragonessig, 5 Pfefferkörner
1/2 Schalotte,
in Scheiben geschnitten
3 Eigelb, 250 g Butter, zerlassen
1 TL Senfkörner, Salz
Cayennepfeffer, etwas Zitronensaft

2 Esslöffel Wein, Wasser, Essig mit Pfefferkörnern und Schalotte in einem Topf zum Kochen bringen, reduzieren. Durch ein Sieb passieren und abkühlen lassen. Über einem heißen Wasserbad Eigelbe, Reduktion und restlichen Wein cremig aufschlagen. Vom Wasserbad nehmen und am warmen Herdrand die warme Butter tropfenweise unterschlagen. Mit Senfkörnern, Salz, Cayennepfeffer und Zitronensaft würzen.

etwas Mehl, Olivenöl zum Braten
Zitronensaft zum Beträufeln

Das Kabeljaufilet in 4 Medaillons schneiden, leicht mehlieren. In heißem Öl von beiden Seiten anbraten und im Backofen bei 200 °C in 6–8 Minuten fertiggaren. Herausnehmen und mit Zitronensaft beträufeln. Das Artischockengemüse auf Tellern anrichten, die Ofentomaten daneben setzen. Fischmedaillons auf dem Gemüse anrichten und mit Hollandaise überziehen. Zum Schluss mit etwas Tomatenjus beträufeln.

Rinderroulade mit Morcheln

gefüllt auf Madeirasauce mit grünem Spargel und Kartoffelpüree mit Röstzwiebeln

Rinderroulade

Die Fleischscheiben dünn klopfen. Für die Gemüsefüllung Wirsingblätter waschen. In kochendem Salzwasser einige Sekunden blanchieren, herausnehmen und in Eiswasser abschrecken. Herausnehmen und zwischen zwei Tüchern gut trockentupfen. Karotten und Sellerie in einem Topf mit Öl zugedeckt nicht zu weich braten. Würzen.
Für die Farce die Morcheln in Wasser einweichen. Gut waschen, fest ausdrücken und grob hacken. Schalotten in etwas Olivenöl oder Butter goldbraun anschwitzen. Morcheln zugeben und mitdünsten. Knoblauch und frische Kräuter zugeben. Mit Cognac, Madeira und Portwein ablöschen und das Ganze einkochen, bis keine Flüssigkeit mehr vorhanden ist. Würzen und kalt stellen. Das gut gewürzte, leicht gefrorene Kalbfleisch mit einem Küchenmixer anmixen. Gänseleber dazugeben, kurz weitermixen, dann nach und nach Sahne und Crème fraîche zugeben. (Sollten Sie ein Handmixgerät zur Verfügung haben, die Masse in einem Edelstahlbehälter auf Eis stellen, damit sie nicht zu warm wird). Mit Pastetengewürzsalz abschmecken. Die Farce halbieren und auf 2 Schüsseln verteilen. Unter die eine Hälfte die abgekühlte Morchelmasse arbeiten.
Die Fleischscheiben auf ein mit Salz bestreutes Brett legen. Dünn mit etwas Fleischfarce ohne Morcheln bestreichen. Darauf nebeneinander die Wirsingblätter legen, salzen und pfeffern. Nochmals dünn mit Fleischfarce bestreichen. Abwechselnd Karotten- und Selleriestangen – am unteren Fleischrand beginnend – darauf legen und mit der Morchelfarce abschließen. Fleischscheiben vorsichtig vom unteren Ende beginnend aufrollen. Rouladen mit Küchengarn zubinden.
In einem Schmortopf Öl erhitzen, Rouladen darin rundum anbraten und in den auf 180 °C vorgeheizten Ofen schieben. Nach 25 Minuten Zwiebeln, Karotte, Sellerie, Knoblauch, Pilze, evtl. Morchelstiele und Tomaten – geschält bzw. geputzt und grob klein geschnitten –, Gewürze und Kräuter beigeben und zugedeckt bei 160 °C weitere 10 Minuten garen. Dann etwas Wein und Fond angießen und weitere 30 Minuten schmoren. Bei Bedarf etwas Fond nachgießen. Roulade herausnehmen und warm stellen. Schmortopf auf dem Herd erhitzen, restlichen Wein dazugießen und noch 5 Minuten leicht köcheln lassen. Schmorfond durch ein Passiertuch gießen und gut ausdrücken, beiseite stellen.

FÜR DIE ROULADEN:
4 Rinderrouladen von je 120 g
Salz
200 g Zwiebeln, 80 g Karotte
80 g Sellerie, 3 Knoblauchzehen
6 Champignons, (evtl. Morchelstiele)
2 rote Fleischtomaten
2 Gewürznelken, 1 Lorbeerblatt
10 Pfefferkörner
15 Korianderkörner
1 Msp. Kreuzkümmel
5 Wacholderbeeren
je 1 kleiner Zweig Thymian, Rosmarin und Salbei
100 ml Weißwein
500 ml Kalbsfond
FÜR DIE GEMÜSEFÜLLUNG:
8 schöne große Wirsingblätter
4 Karotten und 1/2 Stange Staudensellerie, in 1 cm dicke und 12 cm lange Balken, Olivenöl
Salz, Pfeffer aus der Mühle
frisch geriebene Muskatnuss
FÜR DIE FARCE:
25 getrocknete Morcheln
2 Schalotten, fein gewürfelt
Olivenöl oder Butter
1/2 Knoblauchzehe, fein zerdrückt
je 1 Msp. fein gehackter Salbei, Rosmarin und Thymian
je 40 ml Cognac, Madeira und weißer Portwein
160 g Kalbfleisch, gewürfelt
60 g Gänseleberterrine, mit Pastetengewürz versetztes Salz
120 ml Sahne, 1 EL Crème fraîche

Madeirasauce

Die Morcheln in Wasser einweichen. Gut waschen, fest ausdrücken und grob hacken. In einem Topf Olivenöl oder Butter erhitzen und die Schalotten darin goldbraun anbraten, Knoblauch und Morcheln beigeben. Mit Cognac, Madeira und Port ablöschen, vollständig reduzieren lassen, nochmals Madeira dazugeben, kurz aufkochen lassen und mit dem beiseite gestellten Schmorfond auffüllen. Kräuter beigeben, aufkochen, Sherryessig und Kalbsjus dazugeben und reduzieren lassen. Mit Sekt und kalter Butter abrunden. Ein Drittel der Sauce passieren und mit der Sahne unter die übrige Sauce heben.

25 g getrocknete Spitzmorcheln
Olivenöl oder Butter
2 Schalotten, fein gewürfelt
1/2 Knoblauchzehe, fein gehackt
je 50 ml Cognac, Madeira und weißer Portwein, Rosmarin, Thymian und Salbei, fein gehackt
3–4 Tropfen Sherryessig
150 ml dunkle Kalbsjus
2 EL Sekt, 30 g kalte Butter
etwas geschlagene Sahne

Kartoffelpüree

500 g mehlig kochende Kartoffeln
60 g Butter, 200 ml Milch
Salz, frisch geriebene Muskatnuss
Pfeffer aus der Mühle

Die geschälten Kartoffeln kochen oder dämpfen, abgießen, kurz ausdampfen lassen und durch die Kartoffelpresse drücken. Butter in Stücken und aufgekochte Milch dazugeben und alles zusammen mit den Gewürzen zu einem luftigen Püree verarbeiten.

Röstzwiebeln

1 Zwiebel, Mehl, Salz
Paprikapulver
Öl zum Ausbacken

Die Zwiebel schälen, in dünne Scheiben schneiden, trockentupfen und mit Mehl, Salz und wenig Paprikapulver bestäuben. Die Scheiben in heißem Öl goldgelb ausbacken.

Grüner Spargel

12–16 Stangen grüner Spargel
Walnussöl, Butter
Salz, Pfeffer aus der Mühle
frisch geriebene Muskatnuss
Kalbsfond
Zitronensaft

Von den grünen Spargelstangen das untere Drittel abscheiden. In Salzwasser bissfest blanchieren, in Eiswasser abschrecken. Abtrocknen. Spargelstangen quer halbieren. Die untere Hälfte jeweils schräg in dünne Scheiben schneiden.
Walnussöl und Butter in einem Topf erhitzen, die Spargelstangen mit den Köpfen sowie die in Scheiben geschnittenen Spargelstücke dazugeben. Würzen, etwas Kalbsfond angießen und das Gemüse mit Zitronensaft abschmecken.

geklärte Butter zum Braten
Butter zum Schwenken

Die warm gehaltenen Rinderrouladen in geklärter Butter noch einmal leicht anbraten, bei Bedarf nochmals nachwürzen. Das Spargelgemüse und das Kartoffelpüree auf den Teller anrichten. Mit zweierlei Morchelsaucen umgießen. Die Rouladen in etwa fingerdicke Scheiben schneiden und auf das Spargelgemüse legen. Die Röstzwiebeln kurz in etwas Butter anschwenken und auf dem Kartoffelpüree anrichten. Sofort servieren!

Topfenschaum

im Orangen-Mandel-Körbchen auf Vanilleparfait mit Rhabarber-Himbeer-Grütze

Topfenschaum

60 g Eiweiß (2 Stück)
75 g Zucker, 125 g Quark
Abrieb von 1/4 Zitrone
Abrieb von 1/4 Orange
1 1/2 EL Zitronensaft
2 1/2 EL Orangensaft
Mark von 1/4 Vanilleschote
40 g flüssige Sahne
250 g halb geschlagene Sahne

Am Vortag in der Küchenmaschine die Eiweiße mit 50 Gramm Zucker zu einem cremigen Eischnee aufschlagen. Kalt stellen.
Am Tag der Zubereitung Quark, Zitronen- und Orangenabrieb, Zitronen- und Orangensaft, restlichen Zucker, das Vanillemark und die flüssige Sahne gut miteinander vermischen. Die halb geschlagene Sahne vorsichtig unter die Quarkmischung heben und danach den Eischnee vorsichtig unterziehen. Dabei zuerst ein Drittel unterrühren und dann den Rest behutsam unterheben.
Der Topfenschaum in einen mit einem Küchentuch ausgelegten Locheinsatz geben und über Nacht kalt stellen.

Vanilleparfait

1/2 Blatt Gelatine
120 g Zucker
10 g Glukose
100 g Eigelb (5 Stück)
Mark von 1/2 Vanilleschote
2 cl Grand Marnier
500 ml geschlagene Sahne

Die Gelatine in reichlich kaltem Wasser einweichen. In der Zwischenzeit Zucker, Glukose und 70 Milliliter Wasser in einer Sauteuse bis 121 °C kochen. Regelmäßig mit einem nassen Pinsel den Rand des Topfes von den Zuckerkristallen säubern.
Zur gleichen Zeit die Eigelbe in der Küchenmaschine aufschlagen. Sobald der Zucker die Temperatur erreicht hat, vom Herd nehmen und langsam, in einem dünnen Strahl und unter ständigem Rühren in das Eigelb laufen lassen. Dann die Masse kalt schlagen.
Das Mark der Vanilleschote und die gut ausgedrückte Gelatine in Grand Marnier auflösen und unter die Eigelbe rühren. Nun alles über einem Eiswasserbad kurz vor das Stocken bringen und zum Schluss die geschlagene Sahne dazugeben.
Dafür zuerst ein Drittel unterrühren und dann den Rest vorsichtig unterheben. Anschließend sofort in Teller einfüllen und über Nacht in den Tiefkühler stellen.

Rhabarber-Himbeer-Grütze

2 Stangen Rhabarber
Zucker
Mark einer 3/4 Vanilleschote
2 Scheiben Ingwer
1/2 Zimtstange
150 g Himbeeren
4 EL Orangensaft
2 cl Grand Marnier
5 g Maisstärke

Den Rhabarber putzen, in Rauten von 2–2,5 Zentimetern Kantenlänge schneiden und nebeneinander in eine Sauteuse stellen. In einem separaten Topf pro 100 Gramm geputztem Rhabarber 30 Gramm Zucker mit 80 Millilitern Wasser vermischen. Die Zuckerlösung bis 121 °C kochen und, wie bereits bei dem Vanilleparfait, die Zuckerkristalle immer wieder mit einen nassen Pinsel vom Topfrand entfernen. Vanillemark, Ingwer, Zimtstange und Himbeeren auf dem vorbereiteten Rhabarber verteilen.
Sobald der Zucker die richtige Temperatur erreicht hat, die Mischung über den Rhabarber gießen. Abgedeckt bei 190 °C 15–20 Minuten pochieren, danach sollte der Rhabarber weich, jedoch nicht verkocht sein. In einem Topf den entstandenen Fond mit einer Mischung aus Orangensaft und Grand Marnier erhitzen und mit Maisstärke binden.

Orangen-Mandel-Körbchen

Abrieb von 1/2 Orange
100 ml Orangensaft
50 g Mehl
100 g Mandelgrieß
180 g Zucker
100 g flüssige Butter

Am Vortag den Orangenabrieb mit dem Orangensaft verrühren. Mehl, Grieß und Zucker miteinander vermischen und dann mit dem Orangensaft gut verrühren. Die flüssige Butter zugeben und die Mischung im Kühlschrank über Nacht kalt stellen.
Am folgenden Tag den Teig auf Backpapier zu 1 Millimeter dünnen Quadraten ausstreichen und bei ca. 180 °C in 6–7 Minuten goldgelb backen. Aus dem Backofen nehmen und kurze Zeit warten, bis die Mandelblätter etwas kompakter geworden sind. Dann sofort vorsichtig über eine schmale Tasse legen und zu einem Körbchen formen.

Minzeblättchen zum Garnieren
Puderzucker zum Bestäuben

Die Teller mit dem Parfait aus dem Tiefkühler holen und kreisförmig die Rhabarber-Himbeer-Grütze darauf anrichten. Den Topfenschaum in einen Spritzbeutel mit einer 15-mm-Sterntülle füllen und einen kleinen Tupfen in die Mitte des Tellers spritzen.
Darauf nun das Orangen-Mandel-Körbchen setzen und mit dem Topfenschaum füllen. Nun noch 1 Minzeblatt ansetzen und mit Puderzucker bestäuben.

Michael Hoffmann

Menü zu Königsberger Klopsen

Dicke Bohnen, mit Bohnenkraut gegart,
in Gelee von Bresse-Geflügel
mit Vinaigrette aus schwarzer Trüffel

Königsberger Klopse, Version Classique

Strudel von karamellisierten Birnen
und Roquefort

MARGAUX

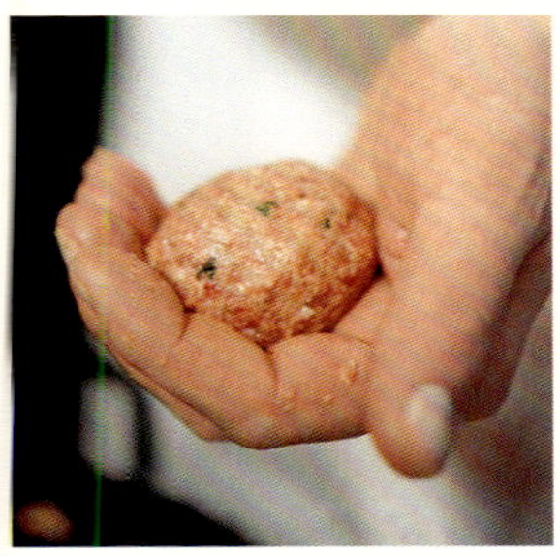

Michael Hoffmann

Dicke Bohnen, mit Bohnenkraut gegart, in Gelee von Bresse-Geflügel mit Vinaigrette aus schwarzer Trüffel

Königsberger Klopse, Version Classique

Strudel von karamellisierten Birnen und Roquefort

Wenn der Küchenchef des Berliner Restaurants Margaux vor die Tür tritt, kann er das Bewusstsein haben, am Nabel der Welt zu stehen – zumindest der deutschen. Die Ecke Wilhelmstraße/Unter den Linden, nur einen Steinwurf vom Brandenburger Tor, ist aber kulinarisch ebenso bedeutsam wie historisch: Das Margaux gehört zu der kleinen Hand voll Berliner Restaurants, die sich konsequent der Kochkunst widmen und der ansonsten ziemlich preußischen Stadt zu einem weltstädtischen Flair verhelfen. Und dass Hoffmann auf seiner Speisekarte dann auch Königsberger Klopse anbietet, überrascht eigentlich nicht. Denn Königsberg, wie das heutige Kaliningrad früher hieß, ist keine Tagesreise entfernt, und die Vorliebe der Hauptstädter für schlichte Kost nicht zu übersehen, wenn man die Reihen der Bratwurstbuden abschreitet.

Im Kanon deutscher Nationalgerichte nehmen diese Klopse eine herausragende Stellung ein, weil sie unverwechselbar deutsch sind. „Nein, sind sie nicht", protestiert jetzt der gesamte Mittelmeerraum, „Fleischklopse sind in unserer Küche seit Jahrhunderten Tradition!" Womit die Protestler Recht haben. Allein die orientalische Küche muss man sich so vorstellen, dass dort die kochenden Damen den ganzen Vormittag damit beschäftigt sind, kleine Fleischbällchen zu rollen. Aber Königsberg ist nicht Marrakesch, und die protestantischen Ostpreußen hatten nie Hemmungen, Schweinefleisch zu essen. Was diese Version der Klopse schließlich von allen anderen unterscheidet, sind zwei wichtige Zutaten: Sardellenfilets und Kapern. Die Sardellen kommen ins Fleisch, die Kapern in die Sauce.

Benötigt wird zunächst einmal ein Fleischwolf. Wer den nicht hat, kann versuchen, die Fleischmassen mit dem Kochmesser zu hacken, zu hacken und zu hacken. Wenn es sich um ein Essen für 2 Personen handelt, ist das möglich. Michael Hoffmann aber hatte in meine Burgküche nicht nur einen elektrischen Fleischwolf mitgebracht, den ihm wiederum sein Kollege Otto Fehrenbacher vom Adler in Lahr geliehen hatte (so ein Ding schleppt man nicht im Koffer von Berlin ins Badische), sondern auch zwei Stücke Fleisch, die er am frühen Morgen am Münstermarkt von Freiburg gekauft hatte: Rund 300 Gramm Schweinenacken und gut halb so viel Kalbfleisch aus der Schulter.
Die beiden Fleischstücke schnitt er in Würfel und weichte 130 Gramm entrindetes, würfelig geschnittenes Weißbrot in Milch ein. In einer Pfanne briet er folgende Mischung an und dünstete sie glasig: 40 Gramm geräucherten Speck (gewürfelt), 5 kleine Zwiebeln (gehackt), 3 Knoblauchzehen (gewürfelt), 1 Bund Petersilie (gehackt). Und zuletzt fütterte er den Fleischwolf mit dem Fleisch, der Zwiebel-Speck-Mischung, dem ausgedrückten Weißbrot und 5 Sardellenfilets. Das Brät würzte er kräftig mit Salz und Pfeffer, gab 2 ganze Eier dazu und knetete es gründlich durch. Auf dem Herd köchelte inzwischen ein großer Topf mit Kalbsfond.

Erst wird mit nassen Händen ein Probeklops gerollt und in den kochenden Fond gelegt. Er sollte die Größe eines Golfballs haben, nicht mehr, eher weniger. Nach etwa 20 Minuten müsste er gar sein. Also herausfischen, durchschneiden und probieren. Sein Inneres sollte die rohe Phase gerade hinter sich gebracht haben. Beim Abschmecken gilt es, die künftige Kapernsauce einzukalkulieren. Nachdem Hoffmann grünes Licht gegeben hatte, setzte ein allgemeines Klopsformen ein. Und als alle fertig gerollten Klopse in den anfangs heftig kochenden Fond eingelegt waren, köchelte er nur noch leise vor sich hin.

Nun war es Zeit für die Sauce. Dazu wurden 2 klein gehackte Schalotten in Butter weich gedünstet und mit Weißweinessig abgelöscht. Bei starker Hitze reduzieren. Von der Klopsbrühe 1 Liter durchseihen und mit 200 Millilitern Sahne dazugießen. Nochmal einkochen lassen. Die Sauce durchseihen und erneut einkochen lassen. Mit 2 Esslöffeln Traubenkernöl aufmixen. Das Gemüse aus der Klopsbrühe fischen und in kleine Würfel schneiden (der Profi nennt das „Brunoise“), mit ein paar Esslöffeln Kapern mischen, 3 Sardellenfilets und Petersilie fein hacken und alles dazugeben. Mit Meersalz, Pfeffer und Muskat würzen.

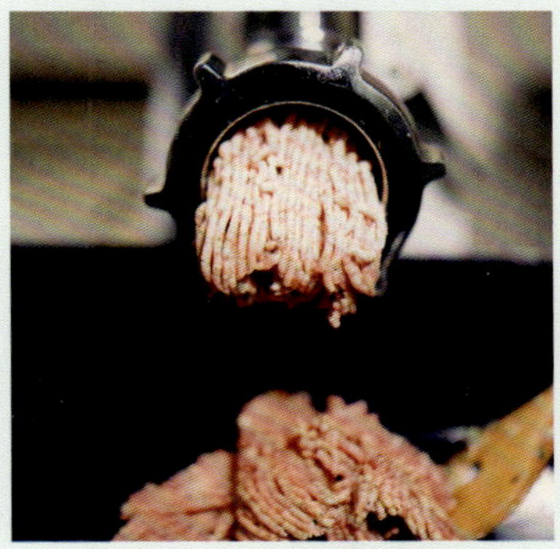

Die Klopse haben bisher vielleicht eine Stunde geduldig in der heißen Brühe ausgeharrt, was ihnen überhaupt nicht geschadet hat. Jetzt werden sie in eine flache Schüssel gelegt und mit der fertigen Sauce übergossen. Dazu gibt es traditionell Reis. Basmati, bei unseren heutigen Ansprüchen. Aber mit reichlich gehackten Schalotten und Butter angeschwitzt und mit dem Klopsfond aufgegossen.

Das Ergebnis ist das, was Weinkenner gern eine Aromabombe nennen!

Tatsächlich hat der Reis von Michael Hoffmann wenig Ähnlichkeit mit einem normalerweise sparsam mit Öl und großzügig mit Wasser auf-

gesetztem Reistopf, der niemandem Freude macht und kaum sättigt. Im Gegensatz dazu hat dieser Reis Substanz, Geschmack und Volumen. Er ist von jener Sorte, die man gerne mit dem Suppenlöffel essen möchte, und möglichst ungestört, damit niemand Zeuge unserer Wollust wird.

Die Vorspeise beschreibe ich hier erst nach dem Hauptgericht, weil die Klopse nun mal der Mittelpunkt dieses Menüs sind und größere Vorbereitungen erfordern.

Bei diesem Gericht geht es weniger um Volumen und Wollust, als ums Raffinement.

Wir essen ein Gelee mit dicken Bohnen und schwarzen Trüffeln. Bei den Bohnen handelt es sich wie immer um die elenden Saubohnen, die fast nur in den Handel kommen, wenn ihre Kerne bereits braun sind, ihre Häute dick und ihr Inneres mehlig sind. Für dieses Rezept aber müssen sie jung sein. Die Bohnen werden aus ihren pelzigen Schoten herausgepuhlt, gesammelt und blanchiert. Danach beginnt die Strafarbeit: Man drückt die Bohnenkerne aus ihren dünnen Häuten heraus, jeden einzelnen Kern! Dann füllt man sie in eine Terrinenform. Die kann aus emailliertem Gusseisen sein (schmal und lang), oder aber eine billige Kastenform aus Alufolie.
Letztere legt man mit Klarsichtfolie aus. Sodann – und jetzt kommt's! – bereitet man einen gelierfähigen Geflügelfond. Dazu sind jede Menge Bress-Geflügelkeulen und -gerippe ausgekocht worden, zusammen mit dem üblichen Gemüse: Karotten, Lauch, Sellerie, Zwiebeln. Dieses Gemüse wird danach in große Stücke geschnitten und mit dem zerkleinerten Fleisch der Geflügelkeulen, viel Bohnenkraut, 1 Eiweiß und 1/2 Liter Geflügelfond aufgesetzt. Salzen, pfeffern und unter ständigem Rühren aufkochen lassen. 2 bis 3 Stunden bei sehr schwacher Hitze ziehen lassen. Durch ein Haarsieb passieren. Die Bohnen zugeben und 9 Blatt eingeweichte und aufgelöste Gelatine unterziehen. Bohnen mitsamt dem Fond in die Terrinenform einschichten. Für mehrere Stunden kühl stellen.
Zum Servieren wird die Bohnenterrine gestürzt, in Portionsstücken auf Tellern angerichtet. Schon jetzt sieht dieses Konstrukt aus leuchtend grünen Bohnenkernen und dem braunen Gelee sehr eindrucksvoll aus.

Michael Hoffmann wollte diesen appetitlichen Anblick noch überbieten. Und da ein Küchenchef seines Kalibers immer noch ein paar Trümpfe im Ärmel hat, schlägt er eine Vinaigrette der Superlative vor. Deren wichtigster Bestandteil ist eine schwarze Trüffel, und wie immer gilt dabei: je dicker, desto besser. Basis der Vinaigrette aber ist eine konzentrierte Geflügeljus. Davon nimmt Michael Hoffmann etwa 80 Milliliter. Die Mengen der anderen Zutaten liegen alle darunter, sind also im Prisen-Bereich angesiedelt, wo man nicht lange wiegt, sondern nach Gefühl zugießt. Nämlich: Olivenöl, Walnussöl, 6 Jahre alter Balsamico, eingekochter Madeira, Trüffelsaft. Salz und Pfeffer nicht zu vergessen, sowie die Trüffel, in gleichmäßig dicke Scheiben geschnitten. Diese braune Flüssigkeit wird auf dem Teller um die Scheibe der Bohnenterrine herum gegossen.
Die Trüffelscheiben erfahren eine Sonderbehandlung. Hoffmann hat sie ganz kurz auf beiden Seiten in Olivenöl in einer Pfanne erwärmt, bevor er sie neben die Terrine legt und mit Fleur de Sel bestreut. Sodann wird das Ganze mit Genuss und einer Scheibe Weißbrot aufgegessen, beziehungsweise aufgetunkt.

Spätestens an dieser Stelle wird die Frage nach dem passenden Wein zu diesem Menü übermächtig. Glücklicherweise hatte dafür der Winzer Hansjörg Rebholz aus Siebeldingen in der Pfalz einige seiner Flaschen mitgebracht.
Zur Terrine der jungen Bohnenkerne mit ihrer Trüffelbegleitung passte die unwahrscheinlichste Wahl: eine Riesling Auslese „Im Sonnenschein“ aus dem Jahr 2001. Seine wonnige Fruchtsüße schmeichelte den Bohnen wie der Zunge gleichermaßen und bewies einmal mehr, dass süße Rieslinge mindestens eine so große Berechtigung beim Essen haben wie staubtrockene.
Diesen Trend bestätigte dann zu den Königsberger Klopsen ein im Barrique ausgebauter Chardonnay des Jahrgangs 1993. Obwohl er nicht süß war, fehlte ihm das aggressive Potential, das vielen Rieslingen den Zugang zu raffinierten Menüs verwehrt.
Die Klasse der Weine von Hansjörg Rebholz wurde noch einmal deutlich, als wir eine Gewürztraminer Auslese 2003 zum Dessert tranken und danach – obwohl kein passendes Gericht mehr zur Verfügung stand – noch eine Magnumflasche einer 1997er Spätburgunder Spätlese öffneten, die vielen Spitzengewächsen der Côte-d’Or ganz eindeutig

Michael Hoffmann stammt aus Dillenburg (Hessen), ist Jahrgang 1967 und hat trotz seines jugendlichen Alters schon mehr berufliche Stationen hinter sich, als man hier aufzählen kann.

Zuletzt war er Küchenchef in Hamburg: Im Le Canard und danach im Gourmetrestaurant des Hotels Vier Jahreszeiten. Im Jahr 2000 wurde er Chef des Margaux in Berlin und im April 2003 übernahm er es auch als Inhaber – und das in einer Stadt, in der fünf von den sieben 1-Stern-Restaurants nur unter dem (auch wirtschaftlichen) Dach eines Hotels existieren können. Zweimal war er „Berliner Meisterkoch", immer wieder wird er als Anwärter auf einen zweiten Michelin-Stern gehandelt, der GaultMillau gab ihm 17 Punkte und lobt unter anderem sein Lunch-Konzept „Margaux am Mittag".

Da stehen regelmäßig auch die Königsberger Klopse auf der Karte.

Margaux
Unter den Linden 78
10117 Berlin
Tel. 030/22 65 26 11
So ganztags und
Mo Mittag geschlossen

überlegen war. Auf einer Küche, in der ein Spitzenkoch und ein ebenfalls der ersten Liga angehörender Winzer ihr Können gleichzeitig demonstrieren,

auf einer solchen Küche, sollte man meinen, ruht der Segen der Götter.

Das Dessert von Michael Hoffmann bestätigte das. Er produzierte – wie nebenbei – einen Strudel von Roquefort und karamellisierten Birnen, den er mit sechs knappen Sätzen beschrieb. Ich versuche es etwas ausführlicher.

Für die Strudelfüllung wurden 3 bis 4 große, reife Birnen, geschält, von den Kerngehäusen befreit und in Streifen geschnitten. Diese Stücke briet Hoffmann in Butter mit wenig Zucker an und glacierte sie, als wären es Karotten. Als Gewürze kamen Meersalz und Koriander dazu. Je nach Reifegrad der Birnen müssen sie eine Weile in der Pfanne ständig gewendet und geschüttelt werden, bis sie fast gar, aber noch nicht matschig sind. Irgendwann während dieses Prozesses goss Hoffmann ein großes Glas Birnensaft und ein kleines Noilly Prat an, welche natürlich verkochen mussten. Dann zerbröselte er einen Klumpen Roquefort – ich schätzte, es waren 200 Gramm – und vermischte ihn mit den inzwischen klein geschnittenen Birnenstreifen und (vorbereiteten) kleinen Würfeln eines Briochebrots.

Der Strudelteig war vorfabriziert, wie ihn Hausfrauen (abgesehen von Österreicherinnen) sowieso ausschließlich verwenden. Der wurde auf der Arbeitsfläche ausgebreitet, darauf die fertige Füllung platziert und dann eingerollt. Danach kam der Strudel in den vorgeheizten Back-

ofen, wo ihm gestattet wurde, eine hellbraune Farbe anzunehmen. Nachdem er herausgeholt worden war, existierte er nicht mehr lange.

Wir tranken dazu den erwähnten Gewürztraminer und waren glücklich.

Und trotzdem kann ich mir diesen Kommentar nicht verkneifen: Alle drei Gänge boten herausragenden Genuss, schienen mir aber nicht ganz perfekt. Das lag allein an der gelegentlich zu zahmen Würzung. Bei der Bohnenterrine genügen einige nachträglich angestreute Körner vom Fleurs de Sel.

Bei den Königsberger Klopsen war mir die Nähe zum Hergebrachten zu eng. Die Mengen der Sardellen und der Kapern könnte man ohne weiteres verdoppeln, wenn man nicht sowieso neue Wege beschreiten möchte. Zum Beispiel Safranpulver statt der Kapern in der Sauce aufzulösen. Oder die Klopse mit zerhackten Oliven kräftiger zu aromatisieren. Oder warum nicht gar mit Bröseln von Feta-Käse, der sich erfahrungsgemäß in heißen Massen nicht so leicht auflöst wie andere Käsesorten? Oder wie wäre es mit durchgepresstem Knoblauch? Fleischklopse verführen nun mal zum Experiment. Es gäbe sonst nicht so viele Variationen in den Küchen der Welt.

Es genügt nicht, dass einer Rebholz heißt und seinen Betrieb in der Weinstraße hat.

Um ein Winzer von „Weltklasse" zu werden – was der GaultMillau WeinGuide Hansjörg Rebholz attestiert – braucht es auch harte Arbeit, Kreativität und Durchhaltevermögen.

„Bringen Sie mir den Chardonnay von Ökonomierat Rebholz!" sagt Wolfram Siebeck ziemlich häufig, wenn er in einem guten Restaurant die Weinkarte aus der Hand legt.

Auf die Burg hatten Hansjörg Rebholz und seine Frau Ingrid zwei Winzersekte mitgebracht, einen Pinot 99 brut und einen Pinot Nr. 7 brut, zur Vorspeise eine 2001er Riesling Auslese „Im Sonnenschein", zu den Königsberger Klopsen eine 1993er Chardonnay-Spätlese trocken „R" und den gleichen Wein des Jahrgangs 2002, sowie zum Dessert eine 2003er Gewürztraminer Auslese „Albersweiler Latt".

Weingut Ökonomierat Rebholz
Weinstraße 54
76833 Siebeldingen (Pfalz)
Tel. 063 45/34 39
www.oekonomierat-rebholz.de

Dicke Bohnen,

mit Bohnenkraut gegart, in Gelee von Bresse-Geflügel mit Vinaigrette aus schwarzer Trüffel

Terrine

Für 1 Terrinenform
mit 1,5 l Inhalt

3,5–4 kg Dicke Bohnen
60 g Wurzelgemüse (Karotten, Lauch, Sellerie, Zwiebeln)
80 g ausgelöste Bresse-Geflügel-Keule
2 Bund Bohnenkraut
1 Eiweiß, 500 ml Geflügelfond
grobes Meersalz
Pfeffer aus der Mühle
9 Blatt eingeweichte Gelatine

Die Bohnen aus der Schote schälen, blanchieren und danach von den Häutchen befreien. Das Wurzelgemüse schälen und in grobe Stücke schneiden. Die Geflügelkeulen durch die grobe Scheibe des Fleischwolfs drehen und mit dem Gemüse, Bohnenkraut und Eiweiß vermischen. Den Geflügelfond zugießen, salzen, pfeffern und unter ständigem Rühren langsam aufkochen. 2–3 Stunden bei geringer Hitze ziehen lassen. Danach durch ein Haarsieb passieren. Noch im warmen Zustand die Bohnen zugeben und 20 Minuten ziehen lassen. Die eingeweichte, in etwas Fond aufgelöste Gelatine zugeben.
Etwas auskühlen lassen und die Mischung langsam schichtweise in die Terrinenform einfüllen. Vor dem Servieren für 4–5 Stunden in den Kühlschrank stellen.

Trüffel-Vinaigrette

80 ml reduzierte Geflügeljus
40 ml Olivenöl, 20 ml Walnussöl
20 ml Aceto balsamico (6 Jahre alt)
40 ml Trüffelsud
50 g schwarze Trüffel
ca. 1 Espressolöffel stark reduzierter Madeira
Salz, Pfeffer aus der Mühle
Olivenöl zum Braten
Fleur de Sel

Am Vortag reduzierte Geflügeljus, Olivenöl, Walnussöl, Aceto balsamico und Sud von eingekochten Trüffeln im temperierten Zustand miteinander vermischen. Die Trüffel gleichmäßige Scheiben schneiden und zugeben. Mit dem stark reduziertem Madeira, Salz und Pfeffer abschmecken. Die Vinaigrette gut verschlossen in einem Weckglas 1 Tag ziehen lassen.

Zum Servieren die Bohnenterrine stürzen, in Portionsstücke teilen und auf Tellern anrichten. Die Trüffelscheiben ganz kurz auf beiden Seiten in Olivenöl in einer Pfanne erwärmen, neben die Terrine legen und mit Fleur de Sel bestreuen.

Königsberger Klopse,

Version Classique

Für 6 Personen

130 g Weißbrot
250 ml lauwarme Milch
40 g geräucherter Speck
5 kleine Zwiebeln und
3 Knoblauchzehen, gewürfelt
1 Bund Petersilie, gehackt
180 g Kalbfleisch aus der Schulter
300 g Schweinefleisch aus dem Nacken
Salz, Pfeffer aus der Mühle
5 Sardellenfilets
2 Eier
FÜR DEN FOND:
2 l Kalbsfond
etwas Sellerie, Karotte und Lauch
1 Lorbeerblatt, Meersalz

Das Weißbrot in dünne Scheiben schneiden und in der Milch einweichen. Speck, Zwiebeln, Knoblauch und Petersilie glasig dünsten. Kalb- und Schweinefleisch in Stücke schneiden. Mit der Speck-Zwiebel-Mischung vermengen und mit Salz und Pfeffer würzen. Die Masse mit den Sardellen durch die feine Scheibe des Fleischwolfs drehen.
Den Kalbsfond einmal aufkochen lassen, mit Sellerie, Karotte, Lauch und dem Lorbeerblatt anreichern und mit etwas Meersalz würzen.
Mit nassen Händen einen Probeklops in der Größe eines Golfballs formen. In wenig Fond pochieren, um zu testen, ob Konsistenz und Geschmack in Ordnung sind. Aus dem übrigen Brät ebenfalls entsprechend große Klopse formen. In den sprudelnd kochenden Fond einlegen und bei reduzierter Hitze 20 Minuten pochieren. Die Klopse herausheben und den Fond für die Kapernsauce beiseite stellen.

Kapernsauce

Die Schalotten schälen, fein würfeln und in der Butter goldgelb dünsten. Mit einem guten Spritzer Rieslingessig ablöschen und reduzieren. Von dem Pochierfond der Klopse 1 Liter abmessen und durch ein Sieb passieren. Zusammen mit den Schalotten erhitzen und um drei Viertel reduzieren. Die Sahne zugeben und nochmals einkochen lassen. Durch ein Sieb passieren und mit dem Traubenkernöl aufmixen.
Die Petersilienblätter fein schneiden, das Gemüse aus dem Pochierfond nehmen und in feine Würfel schneiden. Petersilie und Gemüse mit den Kapern mischen und in die Sauce geben. Die Sardellen hacken und einrühren. Mit Salz, Pfeffer und Muskat würzen.

2 Schalotten, 50 g Butter
etwas Rieslingessig
1 l Pochierfond
200 ml Sahne, 2 EL Traubenkernöl
30 g Petersilienblätter
2–3 EL Kapern, 3 Sardellenfilets
Meersalz, Pfeffer aus der Mühle
frisch geriebene Muskatnuss

Die Königsberger Klopse nach Belieben auf mit in Butter angeschwitzten Schalotten und Klopsfond zubereitetem Reis anrichten und mit der Kapernsauce übergießen.

250 g Reis, 3 Schalotten
und Klopsfond nach Belieben

Strudel

von karamellisierten Birnen und Roquefort

Butter mit Zucker leicht karamellisieren. Mit Birnensaft und Noilly Prat ablöschen und einkochen. Birnenstücke darin glacieren. Mit Meersalz und Koriander würzen und abkühlen lassen.
Danach die Brioche-Brösel unter den cremig gerührten Roquefort geben. Ausgekühlte Birnen zugeben. Zerbröselten Roquefort vorsichtig untermischen. Den Strudelteig auf der Arbeitsfläche auslegen.

Die Füllung auf zwei Drittel des Teigs verteilen und den Strudel vorsichtig einrollen. In den auf 180 °C vorgeheizten Backofen schieben und nach Sicht hellbraun backen.

65 g Butter
100 g Zucker
150 ml Birnen- oder Apfelsaft
etwas Noilly Prat
500 g Birnen, in grobe
Scheiben geschnitten
Meersalz
einige Korianderkörner, zerstoßen
150 g Brioche-Brösel
150 g gerührter Roquefort
100 g Roquefort, gebröckelt
1 Paket Fertigstrudelteig

Cornelia Poletto
Menü zum Labskaus

Kleines Labskaus-Törtchen mit
gepökelter Wachtelbrust

Wolfsbarsch auf der Haut gebraten,
auf Saubohnen und Räucheraal mit
altem Aceto balsamico

Reis Trauttmannsdorff mit
frischen Früchten

ZEIT

Cornelia Poletto

Kleines Labskaus-Törtchen mit gepökelter Wachtelbrust

Wolfsbarsch auf der Haut gebraten,
auf Saubohnen und Räucheraal mit altem Aceto balsamico

Reis Trauttmannsdorff mit frischen Früchten

Cornelia Poletto ist die einzige Frau in der Equipe jener Köche, die ich in meine Burgküche eingeladen hatte. Sie ist auch die einzige Köchin in Hamburg, die zur dortigen Spitze gehört. Ihr Restaurant heißt schlicht Poletto, und damit ist sie gemeint, nicht ihr italienischer Mann (der ist der Sommelier und Oberkellner). Da sie bei einer anderen italienischen Köchin, bei Anna Sgroi gearbeitet hat, bevor sie ihr eigenes Lokal eröffnete, ist der mediterrane Einfluss in ihrer Küche groß. Doch hat sie bei Heinz Winkler in Aschau so viel von der Haute Cuisine mitbekommen, dass man das Poletto kaum als den besten Italiener Hamburgs bezeichnen kann. Die Beste will sie zwar sein, und ist es wahrscheinlich auch unter den wenigen Profiköchinnen Deutschlands. Aber es wäre ungerecht, sie in der Nudelecke abzustellen.

Trotzdem ist die Kombination Poletto–Labskaus ziemlich abenteuerlich. In der deutschen Küche gibt es wenig, was der Mittelmeerküche so entgegengesetzt ist wie Labskaus. Überhaupt wundert es mich, dass diese Notverpflegung für priemende Matrosen es geschafft hat, als typisch deutsches Gericht eingestuft zu werden. Dagegen ist sogar das andere Produkt der norddeutschen Tiefebene, der Grünkohl, eine weit verbreitete Nationalspeise. Aber Labskaus?

Für Cornelia Poletto aber schien das kein Problem. Ihr würde schon was einfallen, beruhigte sie die Skeptiker. Und kam und kochte Labskaus als Vorspeise. Das traditionellerweise verwendete gepökelte Rindfleisch ersetzte sie durch Wachteln und eine Kartoffelmatte, die Frau Poletto zu Hause vorbereitet hatte. Dabei handelt es sich um sehr dünne Scheiben roher Kartoffeln, welche auf Backpapier bei 70 °C nur 8 Minuten im Backofen angegart werden. Danach sind sie transportfähig, vorausgesetzt, sie werden in Pergamentpapier eingeschlagen und so vorsichtig wie die Mona Lisa transportiert.

Da die Vorspeise für 8 Personen gedacht ist, braucht Cornelia Poletto dafür auch 8 Wachteln. Deren Brüste löst sie aus und enthäutet sie. Aus den ebenfalls abgetrennten Keulen operiert sie die Oberschenkelknochen heraus. Den nackten Wachtelbrüsten gibt sie eine dünne Schicht Pökelsalz mit auf den Weg in eine Gratinform. Darin werden sie wenige Minuten im Backofen bei niedriger Temperatur gegart, sodass man ihnen keinerlei Hitzeeinwirkung ansieht. Die kleinen Schenkel haben für den Labskaus keine Bedeutung; sie sind als gebratene Zugabe für die Esser gedacht. Dafür werden sie in einer Pfanne in heißem Öl gebraten, etwa 12 Minuten.

Zu den notwendigen Vorbereitungen für das Labskaus gehören: Kartoffeln kochen und würfeln, ebenfalls die Rote Bete, Gewürzgurken (Cornichons) sehr fein hacken und ein paar Schalotten. Dann werden die Kartoffelstücke und die Rote Bete zusammen mit den gehackten Schalotten erhitzt und anschließend durchgedreht. Dafür sollten sie so weich wie möglich sein.

Da aber nur eine Flotte Lotte mit sehr feinen Löchern zur Verfügung stand, nahm die blonde Köchin kurz entschlossen einen Kartoffel-

stampfer zu Hilfe, das funktionierte besser. Um die rote Masse feucht zu halten, wurde neben Würfeln von Cornichons auch etwas vom Gurkensaft aus dem Glas untergerührt.
Als nächster Schritt hohe Ringformen von 6 Zentimetern Durchmesser mittig auf Portionsteller stellen. Diese Formen werden nun gefüllt. Zuerst mit einer Rote-Bete-Scheibe, dann mit einer vorher rund ausgestochenen, dünnen und leicht angebratenen Kartoffelscheibe und zum Schluss mit 2 Teelöffeln der Rote-Bete-Kartoffel-Gürkchen-Masse. Jetzt wird der Ring entfernt und das Ganze mit einer längs halbierten Wachtelbrust und einem Wachtelspiegelei gekrönt. Darum herum wird Feldsalat drapiert (verlesen und in wenig Vinaigrette geschwenkt). 2 gebratene Wachtelkeulen werden der Vorspeise zur Seite gegeben.
Die Spiegeleier zu braten ist nicht ganz einfach. Weil sie nämlich unter der zarten Schale eine erstaunlich dicke Haut haben. Da gilt es beim Aufschlagen über der Pfanne genau aufzupassen, dass das Eigelb nicht verletzt wird und ausläuft. Noch in der Pfanne werden die Eier mit einer kleinen, runden Backform ausgestochen. So sehen sie dekorativ aus und schmecken, wie man es von so kleinen Eiern erwartet: leicht und unaufdringlich.

Damit hatte die aufwendige Vorspeise hanseatischer Provenienz ihren großen Auftritt.

Die Frage des passenden Weins wurde durch Bernhard Huber aus Malterdingen mit leichter Hand gelöst: Wir tranken seinen 2002er Weißburgunder „S“, der passte zum Labskaus, als wäre er dafür auf die Flasche gefüllt worden.
Einen ähnlichen Eindruck hinterließ der trockene Spätburgunder Malterdinger Bienenberg von 2002 beim Hauptgericht, den Filets vom Loup de mer. „Das liegt am Räucheraal“, sagte der Winzer. Kleingewürfelter Räucheraal nämlich war ein wichtiger Bestandteil der Hauptspeise. Er wurde mit Kernen von frischen dicken Bohnen – also der kleinen, hellgrünen Variante der in Deutschland üblichen, braunen Saubohnen –, mit Zuckerschoten, Kartoffelwürfeln und Spitzen von grünem Spargel vermischt, die alle bissfest blanchiert, in einer Weißwein-Noilly-Prat-Fischfond-Reduktion wieder erwärmt und mit Bohnenkraut und altem Balsamico gewürzt worden waren. Und dieses Gemüse

Unter den 177 Sterneköchen Deutschlands gibt es nur 6 Frauen, und wahrscheinlich ist Cornelia Poletto die bemerkenswerteste: Ausgebildet bei Heinz Winkler, kam sie über verschiedene Stationen wieder in ihre Geburtsstadt Hamburg, war Sous-Chefin beim Sterne-Italiener Anna e Sebastiano, eröffnete im Jahr 2000 ein eigenes Restaurant – und bekam schon wenig später den ersten Michelin-Stern.

Da war Cornelia Poletto dreißig, hatte eine kleine Tochter, und noch heute mögen unkundige Gäste die zarte blonde Frau für den Kochlehrling halten, wenn sie einmal selbst zwei Teller an den Tisch bringt.

Sie koche, loben Kritiker, „ohne orthodoxe Regeln, aber mit viel gutem Geschmack". Und sie selbst sagt auf die Frage, wie sie so weit gekommen sei: „10 Prozent Talent, 90 Prozent harte Arbeit".

Poletto
Eppendorfer Landstraße 145
20251 Hamburg
Tel. 040/480 21 59
Sa Mittag,
So und Mo geschlossen

war die ideale Beilage zum Wolfsbarsch. Wozu ich sagen muss, dass der Spätburgunder des Bernhard Huber einen großen Teil des Gelingens auf sein Konto verbuchen konnte.
Neben dem Gemüse darf ich den Fisch nicht vergessen. Für 4 Personen sollten es schon ein gutes halbes Kilo Filets (mit Haut!) sein. Sie werden in Portionsstücke zerteilt, leicht gesalzen und in einer Pfanne in sehr heißem Öl angebraten.

Auf meine Frage, warum das Anbraten von Fischfilets auf der Hautseite so sehr in Mode sei, gab mir die sympathische Hamburgerin die simple Auskunft: „Weil die meisten Hausfrauen sowieso nichts anderes mit einem Fischfilet anstellen können."
Das wäre jetzt der Moment für einen fälligen Einwand: Kein Fisch – außer den Winzlingen, die erst in der Fritteuse zu neuem Leben erwachen – verträgt es, wenn man ihn in heißem Fett brät. Die beste Methode für das Garen von größeren Fischen ist nach meiner Meinung das Dämpfen, weil es am meisten von der Textur und dem Geschmack eines Fischs übrig lässt.
Das sah Cornelia Poletto genauso. Ihre in der Pfanne in heißem Öl gebratenen Wolfsbarschstücke waren zwar absolut saftig und hatten alles, was ein Liebhaber der Fischküche von seinem Loup de Mer erwartet, aber gleichzeitig eine undelikate, dicke Haut. Wo diese modische Methode „an der Haut gebraten" praktiziert wird, ist es nicht verwunderlich, dass sie Diskussionen hervorruft. Ich bin der Meinung, dass diese Konzession an bequeme Köche die Modernisierung der Küche eindeutig behindert.
Cornelia Poletto war natürlich nicht mit fertigen Fischfilets auf meinen Burgberg gekommen, sie hatte einen ganzen Fisch mitgebracht und ihn selbst fachgerecht zerlegt, was ganz einfach ist, wenn man es täglich tut. Dafür konnten wir jetzt die Abfälle, also die Gräten und Häute, sofort zu einem herrlichen Fischfond aufsetzen: in heißem Öl mit gehackten Schalotten, einigen Champignons, weißem Pfeffer und Lorbeerblatt anbraten, darüber eine Flasche Weißwein leeren, reduzieren und mit Wasser auffüllen, 20 Minuten köcheln lassen, durch ein Sieb abgießen und für den späteren Gebrauch einfrieren.

Als Dessert kochte uns Frau Poletto einen Milchreis. Und nahm dafür keinen Rund-, sondern 70 Gramm Langkornreis. Was im Laden als „Milchreis" verkauft wird, kann nämlich leicht matschig werden, was nur von Kindern geschätzt wird. (Allerdings hätte man auch Carnaroli oder eine andere Sorte nehmen können, wie sie für italienischen Risotto verwendet wird.)
Cornelia Poletto kocht den Reis in Wasser einmal gründlich auf. Dann gießt sie ihn ab und kocht 250 Milliliter Milch zusammen mit dem Abrieb von je 1 Zitrone und 1 Orange, 50 Gramm Zucker, 1/2 Zimtstange, 1 Sternanis und 1 ausgekratzten Vanilleschote auf. Dahinein gibt sie den blanchierten Reis und stellt den Topf in den Ofen, wo der Reis bei 160 °C weich dünstet. Danach wird er kalt gestellt.
Nun werden 4 Blatt Gelatine in Wasser eingeweicht und in 50 Gramm erwärmtem Orangensaft aufgelöst. Genauso viel Grand Marnier wird auch noch dazugegossen und alles unter den abgekühlten Reis gemischt. Danach werden 90 Gramm Eiweiß mit einer Prise Salz steif geschlagen und ebenfalls 150 Gramm Sahne, letztere aber mit 50 Gramm Zucker. Auch sie verschwindet im Reis, der dann kalt gestellt wird. Vor dem Servieren mariniert man 200 Gramm Himbeeren mit 150 Gramm Himbeercoulis. Der Reis wird mithilfe eines quadratischen Förmchens mittig auf Teller gesetzt, mit den marinierten Himbeeren umgossen

und ansprechend mit Himbeeren, Mangostücken und Minzeblättchen garniert. Erst dann entfernt man vorsichtig das Förmchen. Das Dessert schmeckte gut, aber Stücke von frischer Ananas mit ihrer rassigen Säure hätte ich den Mangos vorgezogen. Die Himbeeren sahen hübsch aus, es existieren aber noch andere Früchte, die ebenfalls die Schönheit auf ihrer Seite haben und sogar besser schmecken.

Und weil das Labskaus jener „deutsche Klassiker" war, den die ZEIT-Leser gerade noch auf den zehnten Platz der typischsten deutschen Gerichte gewählt haben, also das „Pflichtprogramm" für Cornelia Poletto, während Fisch und Milchreis ihre Kür waren, möchte ich Ihnen auch meine Überlegungen zum Labskaus nicht ersparen. Ich meine: Der Anteil der Roten Bete sollte so bemessen sein, dass die rote Farbe in der Masse nicht überwiegt. Einige Stücke nicht durchpassieren, sondern als kleine Würfel untermischen. Abschließend den fürs Gemüse vorgesehenen Räucheraal würfeln und unter das Labskaus mischen. Denn insgesamt verträgt die Masse eine stärkere Würzung. Auf Cayenne

würde ich nicht verzichten, auch eine säuerliche Note bekommt ihr trefflich, dafür kann Zitronensaft ebenso sorgen wie Balsamico. Die Wachtelbrust hat von ihrer Konsistenz und auch vom Geschmack her wenig Beziehung zum Labskaus. Aber welches Fleisch hat das schon, wenn es so wenig gepökelt ist? Ich könnte mir eine Wurstscheibe unter dem Wachtelei gut vorstellen, sei es eine leicht angebratene Blutwurst oder eine Chorizo. Da es sich beim Labskaus um eine traditionelle Bordverpflegung von Matrosen handelt, wird man das Wachtelei durch Möweneier ersetzen müssen, was wahrscheinlich kein Nachteil ist. Dennoch sollte man bei der Ausführung sehr vorsichtig sein. Schon einmal nämlich hat bekanntlich schlechte Bordverpflegung zu einem Aufstand der Esser geführt: 1905 in Odessa.

„Hubers Rotweine", schreibt der GaultMillau WeinGuide, „sind in der Jugend oft schwer zugänglich. Doch gehören sie zu den wenigen im Lande, die wirklich hervorragend heranreifen".

Da trifft es sich gut, dass auch Wolfram Siebeck bei Gelegenheit den „Babymord" an zu früh getrunkenem Wein geißelt und Flaschen bevorzugt, die wie er eine gewisse Reifezeit hinter sich gebracht haben.

Ein ausgefallenes Menü aber verlangt auch nach einer mutigen Weinwahl. Und mit Bernhard Hubers Vorschlag, zum Labskaus einen 2002er Weißen Burgunder „S", zum Fisch-Hauptgang einen 2002er Spätburgunder Rotwein „Malterdinger Bienenberg" und zum Dessert eine 2003er Muskateller-Auslese zu trinken, waren alle Anwesenden einverstanden.

Und ein 2000er Winzersekt Pinot Rosé brut war ein idealer Digestiv.

Weingut Bernhard Huber
Heimbacher Weg 19
79364 Malterdingen (Baden)
Tel. 076 44/12 00
www.weingut-huber.de

Kleines Labskaus-Törtchen

mit gepökelter Wachtelbrust

8 Wachteln
Pökelsalz
400 g Rote Bete
Salz
Rotweinessig
400 g Kartoffeln
1 Schalotte, fein gewürfelt
Butter zum Braten
50 g Cornichons, fein gewürfelt
etwas Cornichonessig
Pfeffer aus der Mühle
4 Wachteleier
100 g kleinblättriger Feldsalat
2 EL Trockenbeerenauslese-Essig
50 ml Traubenkernöl

Die Wachtelbrüste und -keulen auslösen. Die Brüste ohne Haut leicht mit Pökelsalz würzen. Zur Seite stellen. Die Rote Bete abspülen und in Salzwasser mit etwas Rotweinessig weich garen. Danach schälen und etwa 100 Gramm in dünne Scheiben schneiden. Die Kartoffeln schälen und etwa 100 Gramm mit der Mandoline in dünne Scheiben hobeln. In Salzwasser bissfest garen. Die restlichen Kartoffeln ebenfalls in Salzwasser garen und anschließend würfeln. Zusammen mit der ebenfalls in Würfel geschnittenen Rote Bete durch die grobe Scheibe des Fleischwolfs treiben oder durch eine Kartoffelpresse drücken.
Die Schalottenwürfel in etwas Butter glasig anschwitzen, die Rote-Bete-Kartoffel-Masse dazugeben, mit Salz und Pfeffer würzen. Zum Schluss die Cornichonwürfel mit etwas Cornichonessig untermischen.
Die Wachtelbrüste und -keulen in Butter etwa 12 Minuten braten. Salzen und pfeffern. Die Brüste in eine Gratinform legen (nicht noch einmal salzen). Im Ofen bei 120 °C gar ziehen lassen.
In der Zwischenzeit Ringformen von 6 Zenimetern Durchmesser mittig auf Portionsteller setzen. Nacheinander Rote-Bete-Scheiben, Kartoffelscheiben und Rote-Bete-Kartoffel-Masse hineinschichten.
Die Wachteleier vorsichtig aufschlagen und in der Pfanne in schäumender Butter braten. Noch in der Pfanne mit kleinen runden Backförmchen rund ausstechen.
Die Wachtelbrüste fächerförmig aufschneiden und einzeln auf die Törtchen setzen. Den gewaschenen und geputzten Feldsalat mit etwas Trockenbeerenessig und Traubenkernöl marinieren und dekorativ um jedes Törtchen herum legen. Zum Schluss 1 Wachtelspiegelei auf jedes Törtchen setzen und jeweils 2 Wachtelkeulen daneben anrichten.

Wolfsbarsch

auf der Haut gebraten, auf Saubohnen und Räucheraal mit altem Aceto balsamico

8 Stangen grüner Spargel
100 g Zuckerschoten
100 g Karottenwürfel, Salz
100 g grüne Saubohnen
1 Schalotte, gewürfelt
100 g Butter
50 ml Weißwein
50 ml Noilly Prat
250 ml Fischfond
80 g Räucheraal
600 g Wolfsbarschfilets
Olivenöl zum Braten
Pfeffer aus der Mühle
1 Bund Bohnenkraut
50 ml Sahne, geschlagen
2 EL Aceto Balsamico Tradizionale

Spargelstangen großzügig vom holzigen Ende befreien und im unteren Drittel schälen. Spargel, Zuckerschoten und Karottenwürfel getrennt in Salzwasser bissfest blanchieren. Abschrecken. Die Bohnen aus der Schote schälen, blanchieren und danach von den Häutchen befreien.
Für die Sauce die Schalotte in etwas Butter anschwitzen. Mit Weißwein und Noilly Prat ablöschen. Etwas reduzieren lassen. Mit Fischfond auffüllen. Um die Hälfte reduzieren. Durch ein Sieb passieren. Die restliche Butter in Würfel schneiden und in den Fischfond montieren.
Das Aalfilet in Würfel schneiden. Den Wolfsbarsch in 4 Teile portionieren, salzen. In Olivenöl auf der Hautseite knusprig anbraten und mit Pfeffer übermahlen. Wenden und im 80 °C heißen Ofen gar ziehen lassen. In der Zwischenzeit das Gemüse in etwas Sauce erhitzen. Bohnenkrautblätter abzupfen, klein schneiden und zum Gemüse geben, ebenso die Aalwürfel.

Das Gemüse auf Tellern anrichten, den Fisch darauf setzen, die heiße Sauce mit geschlagener Sahne aufmixen. Nur etwas Schaum auf die Teller geben, mit wenig Aceto balsamico fertig stellen.

Reis „Trauttmannsdorff"

mit frischen Früchten

Den Reis mit kaltem Wasser aufsetzen und einmal aufkochen lassen. Abgießen. Die Milch mit den Zitrusschalen, Vanillemark, Zimt, Sternanis und Zucker aufkochen. Durch ein Sieb gießen. Den blanchierten Reis in die Milch einrühren. Im vorgeheizten Ofen bei 160 °C weich dünsten. Herausnehmen und abkühlen lassen.
Danach den Orangensaft mit dem Grand Marnier erwärmen und die Gelatine darin auflösen. Unter den Reis heben. Eiweiße mit einer Prise Salz, die Sahne mit einer Prise Zucker steif schlagen und beides unterheben. Kalt stellen.
Vor dem Servieren Himbeeren mit Himbeercoulis marinieren. Den Reis mithilfe eines quadratischen Förmchens mittig auf Tellern platzieren und mit den marinierten Himbeeren umgießen. Mit Himbeeren, Mangostücken und Minzeblättchen garnieren. Den Ring vorsichtig entfernen.

70 g Langkornreis
250 ml Milch
Abrieb von 1 Zitrone und
1 Orange
1 Vanilleschote, 1/2 Zimtstange
1 Sternanis, 50 g Zucker
50 ml Orangensaft
5 cl Grand Marnier
4 Blatt Gelatine
3 Eiweiß
Salz, Zucker
150 ml Sahne
200 g Himbeeren
150 ml Himbeercoulis
Himbeeren, Mangostücke
und Minzeblättchen zum Garnieren

Dieter Kaufmann

Menü zum rheinischen Sauerbraten

Zanderfilet auf rheinischem
Stielmus im Düsseldorfer Senfsud

Rheinischer Sauerbraten auf zweierlei
Art mit glasierten Trauben und Apfelspalten,
Rotkohl und Salzkartoffeln

Himbeercharlotte „Süße Mathilde"
mit Vanille-Wein-Sauce

Dieter Kaufmann

Zanderfilet auf rheinischem Stielmus im Düsseldorfer Senfsud

Rheinischer Sauerbraten auf zweierlei Art mit glasierten Trauben und Apfelspalten, Rotkohl und Salzkartoffeln

Himbeercharlotte „Süße Mathilde" *mit Vanille-Wein-Sauce*

Dieter Kaufmann ist kein Koch wie jeder andere. Er sieht nicht aus wie ein Koch und redet nicht wie ein Koch. Er ist distinguiert. Man könnte ihn für einen Kapitän halten, der einen großen Dampfer über die Weltmeere steuert. Die Vorstellung, dass er einmal, in seiner Sturm- und Drangzeit, zur Bande der Jungen Wilden gehört haben könnte, scheint absurd.
Seinen Platz in der Spitzengruppe deutscher Küchenchefs verdankt er nicht provozierenden Kreationen, sondern der Sorgfalt, mit der er seine Menüs konzipiert und ausführt. Damit hat er sich in seiner Traube in Grevenbroich zwei Michelinsterne erkocht. Die Frage, ob er nicht drei Sterne verdient habe, wird schon so lange diskutiert, dass sie über das Stadium der Aktualität hinaus ist. Insofern ist der 58-jährige Dieter Kaufmann ein Opfer des Jugendwahns.

In seiner Küche, die selbstverständlich der Haute Cuisine verpflichtet ist, gab es immer schon – neben den traditionellen Luxusprodukten – auch Anspielungen auf die rheinische Küche. Weshalb wir Dieter Kaufmann baten, uns einen Rheinischen Sauerbraten zu kochen, jenes Gericht, das bei der Abstimmung unter den ZEIT-Lesern nach den Rinderrouladen und vor dem Grünkohl den zweiten Platz belegt hatte. Und Kaufmann bereitete den Sauerbraten auf zweierlei Art zu. Zum einen traditionell: Er mariniert ein Stück Tafelspitz 6 bis 8 Tage lang, und zwar in Rotweinessig, zusammen mit in Scheiben geschnittenen Zwiebeln, Lorbeerblättern, Nelken und Wacholderbeeren. Statt Karotten gibt Kaufmann eine gehörige Portion Zucker in die Marinade. „Ja", gab er zu, „ein Teelöffel Pfefferkörner ist auch drin. Aber die hinterlassen ja keinen Eindruck". Wie erfrischend, wenn Küchenmythen so nebenbei von den Meistern der Zunft demontiert werden! In die gleiche Marinade legt Dieter Kaufmann auch ein Stück Rinderfilet, aber nur für 8 bis 10 Stunden. Das länger marinierte Fleisch wird im Bräter rundum angebraten und darf dann mit ein wenig durchgesiebter Marinade 2 Stunden zugedeckt schmoren. Das Filet wird ebenfalls angebraten und dann im Backofen fertig gegart. Das dauert nur kurze Zeit. Bei der Fingerprobe lässt sich das Fleisch noch sehr stark eindrücken.

Die klassische Beilage ist natürlich Rotkohl, der ungewöhnlich fein geschnitten wurde, so fein, wie ich Rotkohl noch nie gesehen habe. In ebenfalls sehr feine Streifen werden sodann einige Schalotten zerlegt und in einem Bräter in Butter glasig gebraten. Darauf wird der Rotkohl gebettet, Apfelwürfel und 2 Teelöffel Johannisbeergelee untergemischt, gewürzt und alles zusammen gar gekocht.
Auch auf besondere Art wird eine Schüssel enthäuteter, kernloser Weintrauben zubereitet: Etwa 10 Minuten in Butter braten, dabei mit 2 Esslöffeln Zucker bestreuen. Diese Sonderbehandlung gestattet es, sie gerecht auf die Portionsteller zu verteilen oder auf der Servierplatte dekorativ um das Filet zu drapieren, anstatt sie aus der Sauciere fischen zu müssen.

Die Sauerbratensauce wird traditionellerweise aus der Marinade hergestellt. Je länger ein Stück Fleisch geschmort wird, umso besser wird jede Sauce. Beim kurz marinierten und ebenso kurz gebratenen Filet braucht sie zu ihrer Stärkung einen zur Puddingsteife eingekochten Fleischfond, Glace genannt. Den haben Profiköche und passionierte Amateure immer im Kühlschrank. Davon verträgt die Sauce für 8 Personen lässig 5 Esslöffel. Aber zuerst müssen die groben Zwiebelstücke aus der Marinade gefischt, in Öl gründlich angebraten und, wenn sie Farbe angenommen haben, mit der Marinade abgelöscht werden. Danach beginnt die übliche Kocherei, welche den Wassergehalt reduziert und die Aromen verstärkt. Das ist der Zeitpunkt, an dem in der Küche die Fenster geöffnet werden müssen.

Durch ein Sieb abgießen, die Zwiebeln wegwerfen und dann 2 bis 3 Esslöffel Glace unterrühren. Und Butter, natürlich, und all das, was sonst in der Sauce eines Sauerbratens nicht fehlen sollte: Dazu gehört auf jeden Fall etwas Johannisbeergelee. Pfeffer, Salz und dergleichen sind wie immer vom Geschmack des Kochs abhängig. Gewürzfetischisten stehen hier alle Möglichkeiten offen. Ein Sauerbraten kann sehr mild sein oder, vor allem, wenn er „rheinisch" genannt werden will, mit einem wilden Aromenstrauß auftrumpfen.

Ich bevorzuge die letzte Variante, und sei es nur deshalb, weil sie jeden passenden Wein auf ein Podest hebt.

Die 1 Woche lang marinierte und auch sehr lange geschmorte Version (3 1/2 Stunden bei 180 °C können bei einem großen Stück Fleisch schon nötig sein) hatte jene Eigenschaft, die den Esser zum Vielfraß werden lässt: Das Fleisch war ungeheuer mürbe und sehr säuerlich. Der kurzgebratenen Version, die innen noch rot war, wie das bei einem Rinderfilet zu erwarten ist, fehlte die charakteristische Säure und dadurch der Reiz, den ein rheinischer Sauerbraten haben kann.

Ich möchte auch darauf hinweisen, dass ein Sauerbraten genauso gut – wenn nicht besser – aus Rehfleisch hergestellt werden kann. Auch aus Pferdefleisch und wahrscheinlich – warum eigentlich nicht? – aus jeder Fleischsorte, der man ein größeres, zusammenhängendes Stück

entnehmen kann. Je nach dessen Qualität wird sich die Schmorzeit verändern, da gibt es keine allgemeingültige Angabe.
Variationen beim Sauerbraten sehe ich nur im Detail. So zum Beispiel bei den von Dieter Kaufmann verwendeten Weintrauben anstelle der üblichen Rosinen. Die könnten auch durch eingelegte Pflaumen oder karamellisierte Birnen ersetzt werden. Doch sind das eben nur Details. Letztlich ist es wieder einmal das Würzen, das der ganzen Sache zum Erfolg hilft. Vorausgesetzt, die Esser haben die gleichen Vorlieben wie der Koch! Stark sauer oder süßlich-milde, kräftig gepfeffert oder nicht, das sind die möglichen Unterschiede bei der Zubereitung.

Bei Dieter Kaufmanns Menü standen uns die Weine vom Weingut Freiherr von Gleichenstein aus Oberrotweil im Kaiserstuhl zur Verfügung. Und während wir alle vom regionaltypischen Spätburgunder die ideale Ergänzung erwartet hatten (es standen ein relativ fruchtiger 2003er QbA und ein komplexer Barriquewein des gleichen Jahrgangs zur Auswahl, beide aus der besseren Lage „Eichberg“ und hoch im Alkohol), ereignete sich, was mich nicht wirklich überraschte: ein Weißwein machte das Rennen! Es war eine 1999er Riesling Spätlese mit verhaltener Restsüße und einem Anflug des rieslingtypischen Petrolgeschmacks.

Auch dieser Wein hatte satte dreizehn Volumenprozent Alkohol und schien in der Flasche nur auf diesen Sauerbraten gewartet zu haben, mit dessen Aromen er engumschlungen tanzte, was die Esser am Tisch begeisterte.

Vorausgegangen war diesem fulminanten Hauptgericht eine für Dieter Kaufmann typische Vorspeise, Zander mit Stielmus und Senfsauce. Das Stielmus genannte Gemüse kenne ich noch aus meiner Kindheit. (Wodurch diese nicht gerade vergoldet wurde. Aber das lag an meiner Großmutter.) Bei Dieter Kaufmann habe ich die dünnen Stängelchen schon vor Jahrzehnten gegessen, er hat für diese vergessene Pflanze eine Art Patenschaft übernommen. Stielmus sieht aus wie großer Löwenzahn, es hat weißliche Stängel und grüne Blättchen. Diese werden abgezupft und mit dem Kochmesser klein geschnitten, genau so

verfährt man mit den Stielen, und dünstet beides in Butter. Etwas Fond hinzugeben, damit nichts anbrennt. Leicht mit Stärke binden und mit Salz, Pfeffer und Butter würzen. So simpel, wie sie klingt, ist die Zubereitung von Stielmus natürlich nicht.
Dieses Wintergemüse hat einen spezifischen Geschmack, den man nicht gern durch fremde Aromen überdecken möchte. Andererseits ist der Eigengeschmack mit dem Wort „grün“ genau beschrieben. Hinzu kommt, dass die Stiele nie richtig weich werden und auch in ihrem zerhackten Zustand im Mund einen Eindruck hinterlassen, an den sich viele Esser (vor allem Kinder) nicht gewöhnen mögen. Ich würde den Stängeln mit Zitronensaft oder Currypuder ihren etwas gewöhnlichen

Geschmack austreiben. Und wo Stielmus nicht erhältlich ist (oder als nicht delikat genug empfunden wird), würde ich sanfte Gemüse wie Blumenkohlpüree oder geschmorten Fenchel empfehlen, welche sich unter einem zarten Fisch stets wohl fühlen.

Beim Würzen kommt Kaufmann (im Gegensatz zu uns Amateuren) mit Salz und Pfeffer aus. Und wo der Laie sich umständlich daranmacht, zwischen Himalaya-Salz, Meersalz aus der Bretagne oder anderen verzauberten Salzkörnern zu wählen, da nimmt er ganz normales Haushaltssalz. So etwas zu beobachten ist für einen Liebhaber der Kochkunst jedes Mal ein kleiner Schock. Doch diese Profanisierung entdeckt man häufig, wenn man die Chance hat, sich in der Küche eines großen Chefs umzusehen. Egal, ob so einer auf pingelige Handarbeit verzichtet und komplizierte Saucen wie Beurre blanc und Hollandaise einer Küchenmaschine überlässt, oder er die Wahl seines Olivenöls eher vom Zufall und vom Preis abhängig macht als von der Herkunft, dem Laien schwinden die Illusionen vom hehren Handwerk.
Doch fast immer gibt es gleichzeitig auch Grund zu staunen. Zum Beispiel bei den Zanderfilets. Es waren 2 große Filets, mindestens je 400 Gramm schwer, in große Stücke geschnitten, gesalzen und gepfeffert. Die legte Dieter Kaufmann mit der Hautseite in einen Bräter mit

Im Südwesten des Kaiserstuhls liegt Oberrotweil, das schon im Jahr 763 als „Rotwilare“ urkundlich erwähnt wurde.

Dort produzieren die Freiherren von Gleichenstein seit 1634 Wein, und ihr alter Holzfasskeller stammt sogar aus dem Jahr 1580.
Seit dem Jahr 2003 leitet der heutige Besitzer, Johannes Freiherr von Gleichenstein, den Betrieb in der elften Generation.

Es sind vor allem die klimatisch einzigartigen Bedingungen des Kaiserstuhls, gepaart mit den Vulkanverwitterungsböden des Eichbergs, die aus den Burgundertrauben des Weinguts ganz besondere Weine entstehen lassen. Aber auch Riesling bauen die Freiherren von Gleichenstein an, auf nur drei Prozent ihrer Rebfläche. Von diesem Riesling, einer 1999er Spätlese, war Wolfram Siebeck besonders begeistert.

Weingut
Freiherr von Gleichenstein
Bahnhofstraße 12
79235 Oberrotweil (Baden)
Tel. 076 62/288
www.gleichenstein.de

Im fünften Jahrzehnt steht Dieter Kaufmann schon am Herd seines Restaurants (und Hotels) Zur Traube, das er als 24-jähriger gelernter Konditor, gelernter Koch und gelernter Hotelfachmann in seiner Geburtsstadt Grevenbroich eröffnet hatte.
Seit 1971 hat er einen Michelin-Stern, seit 1981 den zweiten, der GaultMillau gibt ihm die Höchstnote von 19/20 Punkten und kürte ihn schon 1994 zum Koch des Jahres.

Nicht solche Rekorde aber sind es, die Wolfram Siebeck beeindrucken, sondern die Konstanz von Kaufmanns Leistung: „Er kocht ohne Schwankungen auf höchstem Niveau ... Hier wird kein Feuerwerk abgebrannt und kein Kaninchen aus dem Zylinder gezaubert", hieß es im April 2000 in der ZEIT. „Und das altmodische Gemüse namens Stielmus unterscheidet sich vom Stielmus meiner Kindheit dadurch, dass es von einem Meister gekocht wird."

Zur Traube
Bahnstraße 47
41515 Grevenbroich
Tel. 021 81/687 67
So und Mo geschlossen

erhitzter Butter und briet sie darin vorsichtig an. Danach herumgedreht, wurden sie mit einigen Butterstücken weitergebraten und in den warmen Backofen geschoben. Wo sie eine Viertelstunde in der Wärme warten mussten, bis sie auf Teller platziert wurden.
Das Prinzip der à-la-minute-Küche, das für den Amateur vor allem Stress bedeutet, wird vom Profi generös missachtet. (Und natürlich stellt sich mir wieder die Frage, wozu die Filets „an der Haut gebraten" sein müssen. Da diese nur von ungeübten Essern mitgegessen wird, liegt sie meistens unschön am Tellerrand.)

Und nun kam endlich das Stielmus zur Geltung: Es wird in der Tellermitte angerichtet, ein Stück Zander draufgelegt (was schon hübsch aussieht) und mit einer leichten Senfsauce umgossen (worauf die Hübschheit ins Glamouröse mutiert). Die Herstellung dieser Senfsauce zu beschreiben, ist ein Vertrauensbruch gegenüber dem kochenden Kapitän. Nicht weil da ein Geheimnis zu verraten wäre (es gibt keine Geheimnisse beim Kochen), sondern weil eine Senfsauce auf der persönlichen Geschmacksskala des Essers von mild bis scharf reichen kann, wobei mild „fad" bedeuten, aber auch eine subtil delikate Feinabstimmung bezeichnen kann. Letzteres war bei Dieter Kaufmanns Senfsauce der Fall. Als ich sie, noch auf dem Herd im Topf probierte, dachte ich: „Na, wo bleibt denn nun das Senfige?" Aber zum zarten Zander und dem zwischen den Zähnen krachenden Stielmus erwies sich die hellgelbe Sauce als preziöse Begleitung. Ihre Bestandteile waren Fischfond, Crème fraîche, wenig Senf, Salz und Pfeffer sowie die Liaison aus Eigelb und Sahne nebst einigen Grevenbroicher Zaubersprüchen. Mithin die übliche Basis einer Fischsauce, welche hier – und das erklärte ihre Eignung für Zander und Stielmus – so gar keine Ähnlichkeit mit der französischen Klassik hatte, die Dieter Kaufmanns Gerichte normalerweise unterstützt. Mit dieser sanften Sauce hat Dieter Kaufmann dem vorgegebenen Thema „deutsche Klassiker" seine Reverenz erwiesen. Nicht zuletzt, weil ein 2003er Weißburgunder Kabinett aus dem Keller des Freiherrn von Gleichenstein keine Schwierigkeit hatte, sich dem zurückhaltenden Gesamteindruck anzupassen. So wurde die deutsche Küche unter den begabten Händen des Meisterkochs daran gehindert, sich als lautes Dialektfestival darzustellen, sondern erwies sich als zivilisierter Botschafter einer Welt, in der die Umgangssprache französisch ist.

Eine Charlotte ist eine Speise – nicht notwendigerweise ein Dessert – die in einer Charlottenform gegart oder gefroren wird. Das sind normalerweise kleine, runde Porzellanförmchen, welche mit Löffelbiskuit ausgelegt werden. Oder aber mit fertigem Biskuitteig, wie das bei diesem Rezept der Fall ist. Dazu werden 60 Gramm Eigelb mit 20 Gramm Zucker aufgeschlagen, während man 80 Gramm Eiweiß mit 50 Gramm Zucker zu Schnee aufschlägt. Beide Substanzen behutsam vermischen und 40 Gramm Mehl und 20 Gramm Weizenpuder unterheben.
Dieser Masse wird auf einem Blech 40 x 40 Zentimeter breit und 4 Millimeter dick verstrichen und 5 Minuten bei 200 °C im Ofen gebacken. Herausnehmen und den Boden abkühlen lassen. 1/2 Blatt Gelatine in kaltem Wasser einweichen. Nun werden 40 Milliliter Himbeermark mit 15 Gramm Zucker aufgekocht und, abseits vom Feuer, die ausgedrückte Gelatine darin aufgelöst.
Der inzwischen abgekühlte Biskuitboden wird mit 50 Gramm rotem Johannisbeergelee bestrichen und aufgerollt, so dass 3 dicke Rollen entstehen. Diese werden in 2 Millimeter dünne Scheiben geschnitten, welche wiederum dicht in 4 halbrunde Kautschukform gelegt werden (anstelle der üblichen Porzellanformen). Abschließend werden unter

das abgekühlte Himbeermark 60 Gramm geschlagenene Sahne gerührt, mit Himbeergeist abgeschmeckt, und das Ganze in die Formen gefüllt. Kalt stellen und vor dem Servieren auf Teller stürzen. Dabei erweist sich der Kautschuk als das im Vergleich zum Porzellan bessere Material. Zusätzlich kann dazu eine Vanille-Wein-Sauce und ein Himbeercoulis serviert werden. Und den Winzersekt Pinot Extra Brut vom Weingut Freiherr von Gleichenstein nicht vergessen!

Diese Himbeercharlotte ist ein Test für alle, die lieber backen als braten.

Mir scheint sie ziemlich kompliziert zu sein. Aber da sie sehr gut im Voraus hergestellt werden kann, dürfte das wenig stören.

Zanderfilet

auf rheinischem Stielmus im Düsseldorfer Senfsud

1 Bund (ca. 500 g) Stielmus
Butter oder Öl zum Braten
250 ml Geflügelfond
2 EL Weizenstärke
Salz, Pfeffer aus der Mühle
50 g Butter
800 g Zanderfilet mit Haut
(geschuppt), Butter zum Braten
250 ml Fischfond
etwas Crème fraîche
nicht zu scharfer Senf, am besten
ABB-Senf aus Düsseldorf
2 Eigelb, 125 ml Sahne

Die Blätter von den Stielmusstielen abzupfen und separat waschen. Stiele und Blätter klein schneiden. Stiele in Butter und etwas Öl glasig anschwitzen, die Blätter hinzugeben und unterheben. Etwas Fond hinzufügen und aufkochen. Mit der aufgelösten Stärke leicht binden und mit Salz, Pfeffer und Butterflöckchen würzen.
Den Zander gleichmäßig portionieren, salzen und leicht pfeffern. In Butter auf der Hautseite vorsichtig anbraten. Mit der Haut nach oben auf ein Blech legen und im Ofen bei 70–80 °C einige Minuten ziehen lassen.
In der Zwischenzeit den Fischfond zum Kochen bringen, Crème fraîche unterrühren, mit Senf, Salz und Pfeffer abschmecken und mit der Eigelb-Sahne-Legierung leicht binden und verfeinern.
Stielmus auf warmen Tellern in der Mitte anrichten, den Zander auflegen, mit dem Senfsud umkränzen und dann sofort servieren.

Rheinischer Sauerbraten

auf zweierlei Art mit glasierten Trauben und Apfelspalten, Rotkohl und Salzkartoffeln

Sauerbraten

700–1000 g Rindfleisch
(Nuss oder Oberschale)
700–800 g Rinderfilet
(Mittelstück, gut marmoriert)
FÜR DIE MARINADEN:
1 l Weinessig, 500 ml Wasser
2 große Zwiebeln, in Scheiben
geschnitten,
1 TL Nelken
1 TL Wacholderbeeren
2 TL Pfefferkörner
4 Lorbeerblätter
2 TL Salz, 4 EL Zucker
Salz, Pfeffer aus der Mühle
Butter und Öl zum Braten
3 mittlere Karotten
1/4 Sellerieknolle
FÜR DIE SAUCE:
500 ml brauner Kalbsfond
250 ml Sahne, 250 g saure Sahne
etwas Weizenstärke
Pfeffer aus der Mühle

6–8 Tage vor dem Verzehr 500 Milliliter Weinessig und 250 Milliliter Wasser vermischen. Jeweils die Hälfte der übrigen für die Marinaden angegebenen Zutaten dazugeben. Das Rindfleisch aus Nuss oder Oberschale einlegen und zugedeckt 6–8 Tage im Kühlschrank marinieren.
Einen Tag vor dem Verzehr mit den übrigen Zutaten wie oben beschrieben eine zweite Marinade zubereiten, über das Rinderfilet geben. Zugedeckt 8–10 Stunden im Kühlschrank marinieren.
Am Tag des Verzehrs das länger marinierte Fleisch aus der Marinade heben und mit Küchenpapier gut abtrocknen. Mit Salz und Pfeffer einreiben. Im Bräter in heißer Butter und Öl ringsum braun anbraten.
Die Marinade durch ein Sieb gießen. Den Siebinhalt zum Braten geben und kurz mitanrösten. Die Marinade erhitzen, 125 Milliliter davon an den Braten gießen. Zugedeckt 2 Stunden schmoren, dabei gelegentlich wenden und ggf. Wasser angießen. Anschließend auf die vorgewärmte Bratenplatte legen und zugedeckt im warmen Backofen etwa 15 Minuten ruhen lassen.
Inzwischen das Rinderfilet ebenfalls aus der Marinade nehmen, abtupfen, salzen, pfeffern und in einem Bräter mit Öl und Butter gut von allen Seiten anbraten. Karotten und Sellerie putzen, mit den abgetropften Zwiebeln aus der Marinade hinzufügen und alles gleichmäßig im Backofen bei 180–200 °C schmoren. Das Fleisch regelmäßig wenden, nach und nach etwas von der durchgeseihten Marinade angießen und nach etwa 20 Minuten das Fleisch – es soll innen noch schön rosa sein – herausnehmen und warm stellen.

Für die Sauce den Fond von beiden Fleischstücken zusammengießen, mit dem Kalbsfond aufkochen und etwas reduzieren lassen. Sahne und saure Sahne einrühren und mit etwas aufgelöster Stärke leicht binden.

Die Beilagen

Für den Rotkohl Kohl und Schalotten in sehr feine Streifen schneiden. Schalotten in Butter glasig andünsten, Kohl und 1 klein gewürfelten Apfel hinzufügen. Leicht schmoren lassen und, wenn nötig, etwas Fond zufügen. Mit Salz, Zucker und Johannisbeergelee würzen.
Die Kartoffeln schälen, oval zuschneiden (der Profi nennt das Tournieren) und in Salzwasser langsam kochen.
Für die Garnitur die Trauben häuten, in etwas Butter anbraten, mit etwas Zucker bestreuen und karamellisieren. Dasselbe in einer neuen Pfanne mit dem in Spalten geschnittenen zweiten Apfel machen.

Beiderlei Fleischsorten aufschneiden und auf großen Tellern hübsch anrichten. Mit Rotkohl, Kartoffeln, Trauben und Apfelspalten garnieren. Das Fleisch mit der Sauce begießen und servieren.

FÜR DEN ROTKOHL:
1 kleiner Rotkohl
2 Schalotten
Butter zum Braten
1 Apfel (z. B. Boskop)
Gemüsefond bei Bedarf
Salz, Zucker
2 EL Johannisbeergelee
FÜR DIE KARTOFFELN:
500 g Kartoffeln
(Pompadour o.Ä.). Salz
FÜR DIE GARNITUR:
500 g kleine, kernlose Trauben
Butter zum Braten, Zucker
1 Apfel (z. B. Boskop)

Himbeercharlotte

„Süße Mathilde“ mit Vanille-Wein-Sauce

Himbeercharlotte

Für den Biskuit die Eigelbe mit 20 Gramm Zucker aufschlagen. Die Eiweiße mit 50 Gramm Zucker zu Schnee schlagen und vorsichtig unter die Eigelbmasse heben. Dann Mehl und Weizenpuder unterheben. Die Biskuitmasse auf einem Blech 40 x 40 Zentimeter breit und 4 Millimeter dick verstreichen. 5 Minuten bei 200 °C im Ofen backen. Herausnehmen und den Boden abkühlen lassen.
Für die Himbeermousse die Gelatine in kaltem Wasser einweichen. Das Himbeermark mit dem Zucker aufkochen, vom Herd nehmen und darin die Gelatine auflösen.
Den abgekühlten Biskuitboden nun mit Johannisbeergelee bestreichen und aufrollen, so dass etwa 3 Zentimeter dicke Rollen entstehen. Diese so schneiden, dass man kleine Biskuitschnecken von etwa 2 Millimeter Dicke erhält. Die Biskuitschnecken dicht nebeneinander in die 4 Halbkugelformen legen. Unter das bereits abgekühlte Himbeermark nun die geschlagene Sahne heben. Anschließend mit dem Himbeergeist aromatisieren, in die vorbereiteten Formen verteilen und kalt stellen.

50 Gramm Himbeeren mit dem Läuterzucker aufkochen, pürieren und den Himbeercouli durch ein Sieb streichen. Die übrigen Himbeeren waschen und gut abtropfen lassen. Beides für die Garnitur beiseite stellen.

Große halbrunde Kautschukformen von ca. 8 cm Durchmesser
FÜR DEN BISKUIT:
60 g Eigelb (ca. 3 Eigelb)
70 g Zucker
80 g Eiweiß (ca. 2 Eiweiß)
40 g Mehl
20 g Weizenpuder
FÜR DIE HIMBEERMOUSSE:
1/2 Blatt Gelatine
40 ml Himbeermark
15 g Zucker
60 ml geschlagene Sahne
2 cl Himbeergeist
AUSSERDEM:
50 g Johannisbeergelee
300 g frische Himbeeren
10 g Läuterzucker

Vanille-Wein-Sauce

Die Eigelbe mit Sekt, Zucker und Zitronensaft cremig aufschlagen. Gelatine in kaltem Wasser einweichen und hinzufügen. Die aufgeschlitzte Vanilleschote in der Milch auskochen und diese dazugeben. Die Mischung auf Eiswasser kalt schlagen und kühl stellen.

Die Himbeercharlotten mittig auf Teller stürzen, mit der glatt gerührten Vanille-Wein-Sauce umkränzen. Mit den frischen Himbeeren und dem Himbeercouli garnieren. Sofort servieren.

4 Eigelb
140 ml Sekt
70 g Zucker
1 TL Zitronensaft
1/2 Blatt Gelatine
1 Vanilleschote
4 EL Milch

Otto Fehrenbacher
Menü zu Kässpätzle

Schweinebäcklesülze

Kässpätzle mit Kalbskotelett
und Burgundersauce

Schneebälle mit Vanillesauce

Otto

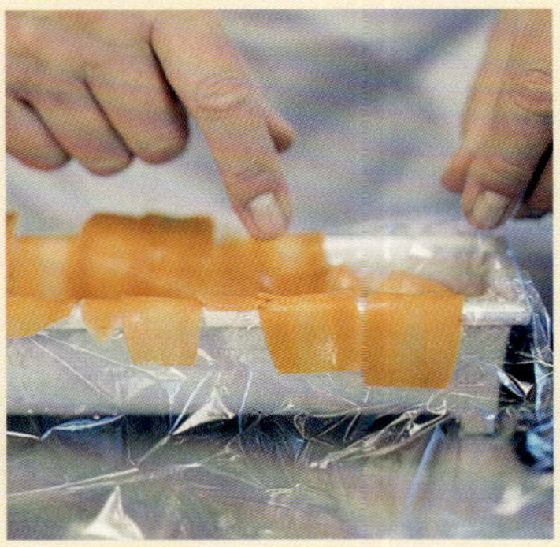

Otto Fehrenbacher

Schweinebäcklesülze

Kässpätzle mit Kalbskotelett und Burgundersauce

Schneebälle mit Vanillesauce

Otto Fehrenbacher ist ein bewundernswerter Koch. Er beherrscht die Ortenau, wie die Windräder auf den Schwarzwaldhöhen oberhalb seines Restaurants das Rheintal überragen. Sein Restaurant ist der Adler in Lahr-Reichenbach, eine der verlässlichsten Adressen im Südwesten Deutschlands, wo es bekanntlich an guten Küchen nicht mangelt. Doch sein mit einem Michelinstern ausgezeichnetes Restaurant existiert dort bereits seit über zwanzig Jahren im selben Haus. Die Gleichmäßigkeit der gastronomischen Leistung, mit der Fehrenbacher seine Gäste Tag für Tag beglückt, ist es, was das Haus und seinen Patron so bewundernswert macht. Bei Paul Haeberlin in Illhaeusern geschult, basiert sein Stil auch heute noch auf den Prinzipien der französischen Küche. Sein Kunststück besteht darin, den Gästen den Eindruck zu vermitteln, sie genössen bei ihm eine authentische Schwarzwaldküche. Die Erklärung muss dieser Hauch von Elsass sein, der so beruhigend über dem Adler liegt, diese bodenständige Vernunft, deretwegen wir die Küche jenseits des Rheins so lieben.

Für den ersten Gang schneidet Fehrenbacher 3 oder 4 dicke Karotten mit der Maschine in lange, sehr dünne Scheiben. Die werden in kochendem Salzwasser kurz blanchiert und danach in Eiswasser abgekühlt. Jetzt sind sie biegsam und für die weitere Verwendung geeignet. Gleichzeitig setzt er 500 Gramm ausgelöste Schweinebäckchen in Wasser auf. Die einzelnen Stücke sind gepökelt und leicht geräuchert, das Wasser wird noch zusätzlich gesalzen. Es schmeckt wie total versalzen. Das wird zum Kochen gebracht und die Fleischstücke darin gegart, bis sie weich sind. Das dauert etwa eine halbe Stunde. Danach (oder zuvor) werden die Karottenstreifen so in eine Terrinenform eingehängt, dass sie den Boden der Form bedecken, gleichzeitig aber auch außen über den Rand hängen.

Währenddessen demonstriert Otto Fehrenbacher, wie Spätzle vom Brett geschabt werden. Der Teig besteht pro Portion aus 100 Gramm Mehl und 1 Ei. Er wird samt ein wenig Wasser von des Meisters Hand geduldig vermischt und immer wieder geschlagen – ohne jegliches Gerät –, bis er jene glatte und luftige Konsistenz besitzt, die so perfekt aussieht, wenn man Nudelköchen im Fernsehen zusieht. Den fertigen Teig lässt Otto Fehrenbacher ausgiebig ruhen. Dann nimmt er einen kleineren Klumpen davon, legt ihn auf ein Holzbrett (welches eine geschliffene Kante haben sollte) und schabt mit einer Palette davon dünne Streifen in kochendes Salzwasser. Man muss einem professionellen Koch dabei einmal zugesehen haben, um die Geschwindigkeit zu glauben, mit der der Teig streifenweise im Wasser verschwindet. Nach sehr kurzer Zeit kommen die Nudelstreifen an die Oberfläche. Dann sind sie gar, werden herausgefischt und in einer Gratinform abgelegt. Dort werden sie lagenweise mit geriebenem Hartkäse bestreut. Fehrenbacher hatte sich dafür einen speziellen Bergkäse, Typ Gruyère, aus der Käserei Fuchs in Münstertal besorgt.

Als nächstes wurden die Schweinebäckchen aus ihrem Kochwasser gehoben. Küchenchef Fehrenbacher hatte ihnen bis dahin genügend Zeit gegeben, jetzt waren sie schön weich. Sie wurden flach halbiert, dann in Streifen geschnitten und zum Schluss fein gewürfelt. Das Bad im konzentrierten Salzwasser hat ihnen tatsächlich den richtigen Geschmack mitgegeben.

Wieder stellte sich heraus, dass manche Produkte (etwa grüne Bohnen) in versalzenem Wasser garen müssen, damit sie überhaupt Geschmack annehmen.

Die Schweinebäckchenwürfel werden mit einer kleinen Schüssel voll Brunoise vermischt. Das ist sehr fein gewürfeltes Gemüse, in diesem Fall Karotten, Lauch und Sellerie. Nun kommen Fleischwürfel und Brunoise in die mit den blanchierten Karottenscheiben ausgelegte Terrinenform. Zuletzt werden die überhängenden Karottenstreifen darüber geklappt.

Als letzte Zutat hatte Fehrenbacher eine Gemüsejus vorbereitet, die er mit einer Portion vom Kochwasser der Bäckchen vermischte, dem wiederum Aspikpulver untergemischt worden war. Daraus würde sich ein bindendes Aspik bilden. Denn diese Terrine wird nicht im heißen Backofen vollendet, sondern in die Kälte gestellt. Nach 3 Stunden im Kühlschrank war sie fest.

Dazu tranken wir einen 2003er Riesling Kabinett Durbacher Plauenrain von Andreas Laible. Sein Weingut in Durbach hat mehr Auszeichnungen erworben als irgendein anderes in Deutschland. Laible hat sich die Natürlichkeit des Weins auf die Fahnen geschrieben. Sein reintöniger Stil sollte uns von Gang zu Gang mehr überzeugen, er war beispiellos. Als wir bei einer trockenen 2003er Spätburgunder Spätlese ankamen (auch vom Durbacher Plauelrain), welche den herrlichen Charakter der Spätburgundertraube ohne Barrique und ohne Mostkonzentration zu erkennen gab, war allen Tischgenossen klar, dass es hier eine Meisterleistung deutschen Weinbaus zu bewundern galt, eine Ausnahme von großer Seltenheit. (Die Flaschen sind begreiflicherweise längst ausverkauft.) Inzwischen war auch der Hauptgang vorbereitet: pro Person ein großes Kalbskotelett.

Es war im Frühjahr 1984. „Eher zufällig", schrieb Wolfram Siebeck im ZEITmagazin, sei er in den Adler in Lahr-Reichenbach geraten, aber schon der erste Blick in die Speisekarte habe ihm gezeigt „dass hier jemand große Ambitionen hat: Ententerrinen, Gänseleber, Lachs, Steinbutt, Wachteln – das Repertoire der feinen Küche, ganz eindeutig. Der Küchenchef Otto Fehrenbacher ist gleichzeitig der Sohn des Hauses."

Und der erinnert sich, dass diese Erwähnung der große Durchbruch für ihn war. Er hatte bei den Haeberlins in Illhaeusern gelernt, hatte bei Witzigmann in München gekocht und – Schulter an Schulter mit Alain Ducasse – bei Chapel in Lyon. Nach Siebeck kam der Michelin-Stern, kamen die 16 GaultMillau-Punkte. Wolfram Siebeck aber kommt immer wieder: für ihn ist der Adler sein Stammlokal, wann immer er auf der badischen Burg wohnt.

Adler
Reichenbacher Hauptstraße 18
77933 Lahr-Reichenbach
Tel. 078 21/90 63 90
Mo und Di geschlossen

Die Koteletts wurden gesalzen und so zurückhaltend bemehlt, dass man dafür normalerweise die Mehldose erst gar nicht geöffnet hätte. Dann Butter und Öl in der Pfanne erhitzt und darin die Koteletts auf beiden Seiten angebraten. Nach einer kurzen Bratzeit von vielleicht 6 Minuten waren sie äußerlich leicht gebräunt, innen aber noch roh, wie die Fingerprobe bewies. In diesem Zustand wurden sie in lauwarmer Umgebung abgestellt, bis sie 40 Minuten später in einer heißen Pfanne in Butter fertig gebraten wurden. Die Wartezeit, erklärte Otto Fehrenbacher, trägt dazu bei, dass sich die Fleischsäfte gleichmäßig in dem Stück verteilen.

Der Küchenchef des Adler demonstrierte auch, wie man Spätzle vorbereiten kann, ohne dass sie bis zum Servieren Schaden nehmen: Die Nudeln mit ihren Käseschichten dürfen bis zu einer Stunde in warmer Umgebung warten, bevor sie endlich unter dem Salamander (oder dem Grill) mit einer frischen Prise schwarzen Pfeffers noch einmal aufge-

heizt werden. Das Können des Kochs besteht darin, dass die scheinbar so simplen Spätzle den Idealzustand erreichen. Sie dürfen nicht zu feucht, nicht zu trocken sein, der Käse darf sich noch nicht untrennbar mit der nudeligen Umgebung vereint haben, und für Butter und schwarzen Pfeffer ist dann nur die persönliche Vorliebe zuständig.

Die nach der Ruhephase zum zweiten Mal gebratenen Kalbskoteletts können ohne eine ausgewachsene Sauce serviert werden. Es genügt, lediglich ihren Bratensatz in der Pfanne mit Wasser abzulöschen und was immer an vorbereitetem Saucenfond oder -jus gerade vorrätig ist, hineinzurühren.

Hier beginnt das Gebiet des Amateurkochs. Er hat erfahrungsgemäß viel mehr Mut als der Profi und riskiert hemmungslos sein Renommee, indem er in der Endphase der Saucenzubereitung mit Kräutern und exotischen Aromen hantiert. (Auch mich hat man dabei mehr als einmal erwischt.) Bei Otto Fehrenbacher besteht diese Gefahr keine Minute.

Er hat uns zwar eine schnell aus Schalotten und Rotwein reduzierte Burgundersauce serviert, aber

er weiß, dass die Welt der Kochkunst auf vier Säulen steht (Logik, Vernunft, Mut und Tradition),

und dass jede Abweichung davon unter Umständen in die Katastrophe führen kann.

Und so wirkte auch sein Dessert zwar erzkonservativ, war aber so köstlich, dass wir alle davon aßen, als wäre es die erste Mahlzeit des Tages. Schneebälle oder „Schwimmende Inseln", wie dieses Gericht auch manchmal genannt wird, sind nichts anderes als dicke Eischneenocken, welche abgestochen und auf nicht mehr kochendem Wasser gegart werden. Wann ist Eierschnee gar? Nun, wenn er fest ist. Es ist ratsam, während des Garens den Deckel auf dem Topf zu lassen. Dann werden die weißen Ballen herausgefischt, auf Dessertteller platziert und mit einer Vanillesauce umgossen. Perfektionisten wie Otto Fehrenbacher träufeln die Vanillesauce über die Schneeier und stellen sie kurz unter den Grill, worauf der Karamell sofort hart wird und dem Dessert eine neue, knusprige Dimension hinzufügt.

Andreas Laible hatte glücklicherweise sowohl eine Gewürztraminer- als auch eine Scheurebe-Auslese dabei, so dass alle an diesem Menü Beteiligten beglückt die Serviette schwenkten.

Die professionelle Routine des Otto Fehrenbacher sorgte für ein fast vollkommenes Menü. Die technische Ausführung bei der kalten Terrine klingt vielleicht etwas kompliziert, erweist sich aber auch für Amateure als machbar. Lediglich beim Salzen dürfen die nicht zu zaghaft sein. Denn was beim Verarbeiten der Schweinebäckchen wie Salzverschwendung wirkt, erweist sich hinterher als gerade ausreichend. Eine in Karotten eingepackte Terrine ist immer effektvoll, aber wirklich gelungen nur, wenn all ihre Bestandteile genug gewürzt sind. Das war durch das salzige Kochwasser kein Problem.
Die scheinbar viel einfacheren Käsespätzle machen einige Schwierigkeiten, welche nur durch Routine überwunden werden können. Ich bin davon überzeugt, dass der Teig mit einer Knetmaschine längst nicht so geschmeidig wird wie bei Otto Fehrenbacher, der ihn lediglich mit der Hand bearbeitet. Sodann sind die verschiedenen Etappen bei der Spätzlewerdung nicht ohne Tücken. Da spielt die Käsesorte eine große Rolle, ebenfalls die Hitze, bei der die Teigstreifen zwischengelagert werden. Schließlich kommt der absolut legitime persönliche Geschmack ins Spiel. Der eine liebt eine größere Pfeffermenge bei den Spätzle, ein anderer wünscht zusätzlich frische Butter oder erwartet eine braun gratinierte Kruste auf ihrer Oberfläche. Es ist wie bei den ebenso einfachen Bratkartoffeln: Sie lassen sich auf alle möglichen Arten zubereiten und jede Art wird ihre Liebhaber finden, während andere enttäuscht die Gabel sinken lassen.
Bei den Kalbskoteletts ist das dagegen nicht zu erwarten. Über ihre Delikatesse entscheidet der Metzger. Ein Kalb aus der Schnellmast kann kein noch so guter Koch in die rosa und zarte Köstlichkeit verwandeln, die wir auf dem Teller hatten. Im Übrigen sollte man bedenken, dass zu den Käsespätzle ein Kalbskotelett nicht vorgeschrieben ist. Fast jedes andere Stück Fleisch würde ebenfalls passen, und gegen die schwäbische Sitte, zu Käsespätzle nur einen Salat zu essen, ist auch nichts einzuwenden.

Seit dem Jahr 1672 ist das Weingut am Rand des Schwarzwalds nun schon im Familienbesitz, und Andreas Laible kann sich als meistprämierten Winzer Baden-Württembergs, ja wahrscheinlich sogar Deutschlands bezeichnen:

Mehr als 600mal bekamen seine Weine bei Landes- und Bundesweinprämierungen eine Goldmedaille.

In Wolfram Siebecks Burgküche hatte er nur Weine aus der extrem steilen und schwer zu bebauenden Südlage „Durbacher Plauelrain" mitgebracht: einen 2002er Riesling Brut Winzersekt, einen 2003er Riesling Kabinett trocken, einen 2003er Weißer Burgunder Spätlese trocken, einen 2003er Spätburgunder Rotwein Spätlese trocken, eine 2003er Scheurebe Auslese, eine 2003er Gewürztraminer Auslese und zum Abschluss ein Durbacher Kirschwasser – aus der eigenen Brennerei, denn die Laibles sind vielseitig.

Weingut Andreas Laible
Am Bühl 6
77770 Durbach (Baden)
Tel. 0781/412 38
www.weingut-laible.de

Schweinebäcklesülze

Eine Terrinenform von 800 ml Inhalt

3–4 große Karotten
500 g ausgelöste Schweinebäckchen, gepökelt und geräuchert, Salz
1 gespickte Zwiebel
100 g Karotten, Lauch und Sellerie, in Würfel geschnitten
Pfeffer aus der Mühle
etwas Rotweinessig
etwas Sherryessig
etwas gehackter Knoblauch
etwas gehackter Thymian
Aspikpulver

Die Karotten (am besten mit der Aufschnittmaschine) in dünne Scheiben schneiden, blanchieren und abschrecken. Die Terrinenform so mit ihnen auslegen, dass sie sowohl den Boden bedecken, als auch über den Rand hängen.
Schweinebäckchen in Salzwasser mit einer gespickten Zwiebel etwa 30 Minuten kochen. Herausnehmen und abkühlen lassen. Die Brühe beiseite stellen. Das Fleisch in Würfel schneiden. Gewürfeltes Gemüse blanchieren. Fleisch und Gemüse in die Form schichten.
Die Brühe von den Schweinebäckchen durch ein Sieb passieren und mit Salz, Pfeffer, Rotwein- und Sherryessig, Knoblauch und Thymian würzen. Aspikpulver darin auflösen (auf 1 Liter Flüssigkeit 50 Gramm Pulver) und Fleisch und Gemüse damit übergießen. Mit den überhängenden Karottenscheiben bedecken. Kalt stellen. Dazu passt ein kleiner Linsensalat mit gebratener Gänseleber.

Kässpätzle mit Kalbskotelett und Burgundersauce

Kässpätzle

pro Portion

1 Ei
100 g Mehl, Salz
40 g Bergkäse
Pfeffer aus der Mühle

Ei mit Mehl, Salz und etwas Wasser von Hand zu einer glatten, zähen Masse verarbeiten. Einige Minuten ruhen lassen.
Danach den Spätzleteig vom Brett ins kochende Salzwasser schaben. Sobald die Spätzle an die Oberfläche steigen, mit dem Schaumlöffel abschöpfen und in eine passende Form füllen. Den Bergkäse darüber reiben. Warm stellen.
Die Spätzle eventuell vor dem Servieren mit schwarzem Pfeffer übermahlen und unter dem Grill noch einmal erhitzen.

Kalbskotelett

Koteletts salzen und leicht bemehlen. In Öl und Butter von beiden Seiten insgesamt 6 Minuten anbraten. Herausnehmen und an einem warmen Ort ruhen lassen. Kurz vor dem Servieren in Butter fertig braten.

pro Portion

1 großes Kalbskotelett
Salz, Mehl
Öl und Butter zum Braten

Burgundersauce

Schalotten und Knoblauch in Würfel schneiden. Zusammen mit dem Thymian in Butter anschwitzen. Mit Rotwein ablöschen und diesen zur Hälfte reduzieren lassen. Thymian entfernen und Demi-glace einrühren.

2 Schalotten, 1 Knoblauchzehe
1 Sträußchen Thymian
Butter zum Braten
250 ml Burgunder
200 ml Demi-glace

Schneebälle mit Vanillesauce

Schneebälle

Eiweiß und Zucker zu sehr steifem Schnee schlagen. Nocken abstechen und im heißen Wasserbad bei geschlossenem Deckel pochieren, bis sie fest sind. Vorsicht, das Wasser darf dabei nicht mehr kochen!

250 ml Eiweiß (6–7 Eiweiß)
200 g Zucker

Vanillesauce

Sahne, Milch und Zucker mit den ausgekratzen Vanilleschoten samt Mark aufkochen, abseihen und etwas abkühlen lassen. Danach unter ständigem Rühren die Eigelbe untermischen.

500 ml Sahne, 500 ml Milch
100 g Zucker, 2 Vanilleschoten
160 ml Eigelb (8 Eigelb)

Die Vanillesauce sofort über die Schneebälle gießen. Nach Belieben mit etwas Karamellzucker bestreuen und ganz kurz unter dem Grill karamellisieren lassen.

eventuell etwas Karamellzucker

Joachim Wissler
Menü zu Kohlrouladen

Jakobsmuscheln mit Griebenkrokant
und Feldsalat

Kohlrouladen

Himbeer-Rhabarber-Soufflé auf
Rhabarber-Ragout, dazu Rosmarin-
Mascarpone-Eis und
Quarkschaum auf Erdbeeren

Joachim Wissler

Jakobsmuscheln mit Griebenkrokant und Feldsalat

Kohlrouladen

Himbeer-Rhabarber-Soufflé auf Rhabarber-Ragout, dazu Rosmarin-Mascarpone-Eis und Quarkschaum auf Erdbeeren

Joachim Wissler ist mit 43 Jahren Deutschlands jüngster 3-Sterne-Koch, und sein Restaurant ist das Vendôme im Grandhotel Schlosshotel Bensberg in Bergisch Gladbach. Dabei ist es nicht so, dass ein ehrgeiziger Koch nur bei einem Großen der Branche beginnen muss (in Wisslers Fall: Harald Wohlfahrt in Baiersbronn), um schon im ersten Job als Küchenchef (im Schlosshotel Reinhartshausen in Marcobrunn) einen Stern zu bekommen. Ehrgeiz ist nämlich nicht alles. Die Fähigkeit zur Organisation, zu rationellem Arbeiten und das Wissen um die Chemie der Produkte gehören auch dazu.

Beispielhaft für dieses Allroundwissen ist Joachim Wisslers Rezept für seine Kohlrouladen. Dafür nimmt er nicht den traditionellen Wirsing oder Weißkohl, sondern die Spitzkohl genannte Variante. Sie hat einen nur schwachen Kohlgeschmack, dafür ist sie etwas süßlich. Zwei dieser spitzen Kohlköpfe hat Wissler entblättert und kurz blanchiert, so dass die einzelnen Blätter so gut wie gar sind. Sie werden von der Mittelrippe befreit, nebeneinander auf ein Küchentuch gelegt, dann mit einem zweiten Küchentuch zugedeckt und mit dem Nudelholz geplättet, bis sie, wenn man das obere Tuch wieder abnimmt, aussehen wie ein dünnes, grünes Leder. Dazu ist ein erheblicher Kraftaufwand nötig.
Die Füllung ist bereits vorbereitet: Je 250 Gramm durchgedrehtes Rind- und Schweinefleisch, mit gehackter Blattpetersilie und Liebstöckel vermengt, mit Salz und weißem Pfeffer gewürzt und schließlich mit 1 Hand voll fein gehackten Zwiebeln vermischt, welche in der Pfanne längere Zeit angeschwitzt wurden, ohne braun zu werden. Außerdem verschwanden in der Masse noch 3 ganze Eier sowie 80 Gramm weißer Speck und 50 Gramm roter Bauchspeck, beide sehr fein (!) gehackt. Von dieser Masse formte der Meister auf den geplätteten Spitzkohlblättern eine lange Wurst und brachte sie in eine gleichmäßige Form.

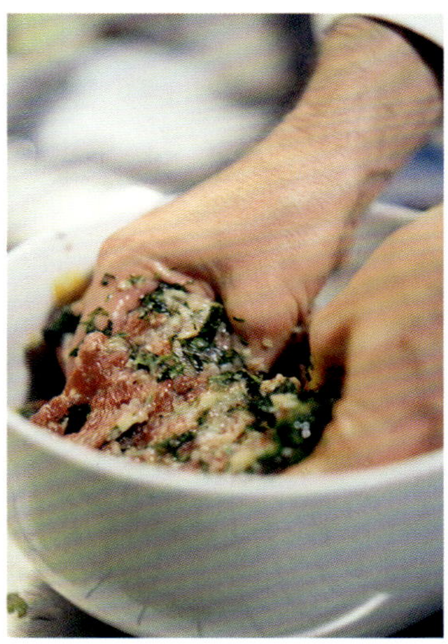

Zusammen mit ihrer grünen Unterlage wurde sie eingerollt und anschließend in etwa 10 Zentimeter lange Stücke geschnitten. Dann legte Wissler ein eingeweichtes Schweinenetz auf den Tisch und wickelte die Rouladen darin ein, wobei er darauf achtete, dass dickere Stränge des Netzes nicht benutzt wurden.

Die Verwendung von Schweinenetz ist in der deutschen Küche so gut wie unbekannt, da das Braten von Foie gras nicht ins deutsche Repertoire passt. Deshalb bekommt man es vom Metzger fast nur nach Vorbestellung. Das Schweinnetz dient dem Zusammenhalt von Klößen und empfindlichen Produkten. Es wird gewässert, bevor es um das jeweilige Produkt gewickelt wird. (Aber mit dem traditionellen Küchengarn geht es, wie wir sahen, auch). Die Rouladen wurden in einer gusseisernen Form vorsichtig angebraten, bis sie hellbraun waren. Dann schob Joachim Wissler sie für 20 Minuten in den auf 200 °C vorgeheizten Ofen.

Zu diesem Zeitpunkt wurde allen Zeugen klar, dass Kochen kein Kinderspiel ist.

So viele Handgriffe gleichzeitig, so viele Pfannen beaufsichtigen, Schüsselchen bereitstellen, Fonds montieren – die Professionalität des 3-Sterne-Kochs, der im Berufsalltag dafür viele Gehilfen hat, in meiner Küche aber nur Schlachtenbummler vorfand, war beeindruckend. Bis die Rouladen fertig waren, vergingen nur 2 Stunden.
Sie kamen natürlich nicht ohne Begleitung in den Ofen. Wissler hatte eine puddingsteife Schweinejus mitgebracht, die die Rouladen in dem Bräter fast bis zur Hälfte bedeckte. Die Rollen wurden noch zweimal aus dem Ofen genommen und mit der Sauce begossen. Schließlich legte er sie vollständig aufs Trockene. Die Sauce wurde bei großer Hitze auf dem Herd reduziert, bis sie sirupartig war. Zu den in Scheiben geschnittenen Kohlrouladen legte der Küchenchef des Vendôme einige Bratkartoffeln, die er ebenfalls nebenbei gebraten hatte, und kleine, gedünstete Frühkarotten.

Eigentlich, erzählte er uns, hätte er uns gern sautierte Pfifferlinge dazu serviert, aber die waren gerade nicht zu kriegen. Ich persönlich wäre auch schon mit geröstetem, mit Gänseschmalz bestrichenem Graubrot als Beilage zufrieden gewesen.

Es gibt in Deutschland derzeit nur sechs 3-Sterne-Köche, und keiner hat es in diesen Olymp so schnell geschafft wie Joachim Wissler:

Im Jahr 2000 übernahm er das Restaurant Vendôme im neu eröffneten Hotel Schloss Bensberg, 2001 bekam er den ersten Stern, 2002 den zweiten und bereits 2004 den dritten.
Damit kochte Wissler im Alter von nur 41 Jahren in der gleichen Liga wie Harald Wohlfahrt, in dessen Traube Tonbach er einst gelernt hatte.
Kaum nötig zu erwähnen, dass Wissler 2003 „Koch des Jahres" im GaultMillau war und die Höchstnote von 19/20 Punkten bekam. Viel wichtiger ist, was ein Kritiker über seine Arbeit schreibt.

Etwa, dass Wissler einer der ganz wenigen Köche sei, die „souverän genug sind, einem erstklassigen Produkt den Vortritt zu lassen vor Aromenakrobatik und Würzfinessen."

Vendôme
Grandhotel Schloss Bensberg
Kadettenstraße
51429 Bergisch Gladbach
Tel. 022 04/429 01
Mo und Di geschlossen

Und das Rindfleisch der Kohlrouladenfüllung hätte ich vielleicht durch Lammfleisch ersetzt. Oder mit anderen Fleischsorten experimentiert, beispielsweise mit durchgedrehter Kalbsleber oder Entenbrust.

Mit Wilhelm Weil hatte Wissler einen Rheingauer Winzer gewählt, dessen Rieslinge immer eine gewisse Restsüße besitzen. Zur fleischigen Deftigkeit der Kohlrouladen passten sie alle hervorragend, weil die aromatische Sauce mehr brauchte als einen durchgegorenen Riesling. Die sortentypische Fruchtigkeit der Weilschen Rieslinge ergänzte sich aufs Beste mit der glänzenden Sauce.

Schon bei der Vorspeise hatte mich der Stil dieser Rheingauer Rieslinge angenehm überrascht. Wir begannen nämlich mit Jakobsmuscheln und tranken dazu einen 2004er QbA-Riesling.

Jakobsmuscheln sind ganz einfach gar zu kriegen, allerdings schwer zu würzen. Die häufigste Garmethode ist das Braten in der Pfanne, die nach meiner Meinung beste das Garen im Dampf.
Für den Geschmack griff Wissler auf Grieben zurück. Das sind geröstete Speckkrümel (in der österreichischen Küche als Grammeln beliebt). Ihre Herstellung beanspruchte ebenfalls zwei Stunden und fand im Backofen statt, wo die Speckwürfel in einer Pfanne bei großer Hitze ausgelassen wurden, bis der Speck eine kupferbraune Farbe angenommen und alles Fett ausgelassen hatte. Der Pfanneninhalt wurde in ein Sieb abgegossen und die Grammeln zurück in die Pfanne gegeben, wo sie mit Zucker, Salz und Pfeffer karamellisierten. Die fertigen Grammeln kamen dann zum Abtropfen auf Küchenkrepp in ein Sieb. In fertigem Zustand waren sie schließlich vollständig trocken und hatten die Konsistenz von geriebenem Knäckebrot.

(Wieder ein Grund, den österreichischen Hausfrauen zu applaudieren, die sich diese Mühe für ihre Grammelknödel machen!). Wo die Herstellung der Grammeln als zu lästig empfunden wird, braucht man auf die delikate Kombination Jakobsmuscheln/Speck nicht zu verzichten,

wenn man weißen Speck grob würfelt und in einer Pfanne glasig, aber nicht braun werden lässt, wobei mit Cayenne gepfeffert und mit einem kleinen Glas Beerenauslese abgelöscht werden sollte.
Dann wurden die Jakobsmuscheln im Ganzen gebraten. Und zwar überaus vorsichtig, so dass nur ganz leichte Hitzespuren an ihrer Unterseite sichtbar wurden. Danach kam die andere Seite ins heiße Fett. Das dauerte insgesamt gerade mal 3 Minuten. Danach wurden sie aufgebrochen, d.h. nicht aufgeschnitten, sondern auseinander geklappt, ohne aus einer Muschel zwei Hälften zu machen. Die Bruchstelle bekam grobes Salz, Cayenne und Griebenkrokant auf den weiteren, kurzen Weg.
Nun wurden die Jakobsmuscheln auf ein Häufchen marinierten Feldsalat gelegt, wobei Wissler, nicht ganz erfolgreich, versucht hatte, jedem Salathäufchen durch einen Backring eine gewisse Form zu geben. Schließlich wurde der Salat auf den Tellern mit Kräutern und Griebenkrokant bestreut, während die Jakobsmuscheln verführerisch daneben lagen.

In meiner Burgküche verzierte Joachim Wissler dieses delikate Arrangement zusätzlich mit einer gelben Spur von Kürbisjus. Die war entstanden, indem Kürbisstücke zusammen mit einem Kalbsfond und Safran suppig gekocht, durchpassiert und dann reduziert wurden. Und nichts blieb ohne ein oder zwei zusätzliche Gewürze. In diesem Fall kam noch Butter hinzu und etwas Balsamico-Essig. (Dieser Zusatz kann aber beim Nachkochen vernachlässigt werden.)
Das alles geschah mit einer derartigen Geschwindigkeit, dass mir manche Einzelheit entgangen ist – diese kleinen Handbewegungen, mit denen der Meisterkoch winzige Pointen setzte und unerwartete Glanzlichter anbrachte, also all das, was einen Küchenchef von dem Kaliber Joachim Wisslers von seinen Kollegen und erst recht von uns Amateuren unterscheidet. – Nicht, dass durch meine Begriffsstutzigkeit das Rezept unvollkommen bliebe oder gar untauglich würde.

Es ist nur so, dass einem Bodenturner nichts anderes übrig bleibt, als tatenlos zuzusehen und zu staunen, wenn Artisten unter der Zirkuskuppel den doppelten Salto ohne Netz hinkriegen.

Dieser – zugegeben weit hergeholte – Vergleich erhielt eine finale Berechtigung angesichts der Desserts, die Wissler uns servierte. Ihre Grundsubstanzen hatte er vorbereitet im Handgepäck, und so wurde ich nur Zeuge der Endmontage.
Aber es schien alles mit rechten Dingen zuzugehen. Es wurde Eiweiß steif geschlagen. Es wurde Rharbarbermus aus einer Plastiktüte gedrückt, kleine, zuckerbestäubte Rosmarinzweige wurden in hellgrüne Eisballen gesteckt und acht mit Rharbarberschnee gefüllte Souffléformen in den heißen Backofen geschoben. Von der rasanten Abfolge der vielen Vorgänge waren wir wie gelähmt und fielen erschöpft auf die Stühle am großen Tisch, worauf ohne Pause die Desserts aufgetragen wurden. Dass dazu auch noch ein Quarkschaum gehörte und andere Kleinigkeiten von großem Wohlgeschmack, erschien uns in diesem Stadium des Menüs gleichermaßen selbstverständlich wie unerklärbar.
Nur einmal erwachten wir aus dem Rausch des Genießens, als Wilhelm Weil eine Riesling Auslese „Goldkapsel" des Jahrgangs 2002 ausschenkte, einen jener Weine, die in der Welt der Unschätzbarkeiten im Rampenlicht stehen und die Experten zu Ovationen hinreißen.

Was Joachim Wissler als Koch ist, ist Wilhelm Weil, der Gutsdirektor des Weinguts Robert Weil, als Winzer: einer der besten der Welt.

Dabei baut er in seinen Weinbergen zu 98 Prozent Riesling an und hält sich streng an das Prinzip: „Qualität entsteht im Weinberg und wird im Keller begleitet und erhalten."

Gleich zweien seiner Weine verlieh der aktuelle GaultMillau Wein-Guide die Höchstnote: 100 von 100 möglichen Punkten. Und ähnlich emphatische Bewertungen gibt es von anderen Experten aus dem In- und Ausland.

Auch zu Wolfram Siebeck hatte Wilhelm Weil nur Rieslinge mitgebracht: einen 2004er Qualitätswein und 4 Weine von der Lage „Kiedrich Gräfenberg", darunter ein 2004er Kabinett, ein 2003er „Erstes Gewächs", eine 2002er Spätlese und eine 2002er Auslese „Goldkapsel".

Weingut Robert Weil
Mühlberg 5
65399 Kiedrich (Rheingau)
Tel. 061 23/23 08
www.weingut-robert-weil.com

Jakobsmuscheln

mit Griebenkrokant

250 g roher Griebenflomen, Salz
Zucker, Pfeffer aus der Mühle
8 Jakobsmuscheln, aus der Schale gelöst, gesäubert und gewaschen
Traubenkern- oder Olivenöl
30 g Butter
Meersalz
Cayennepfeffer aus der Mühle

Den rohen Griebenflomen durch die grobe Scheibe des Fleischwolfs drehen. In einer Pfanne bei 200 °C im Backofen goldgelb und knusprig ausbacken. Auf ein Sieb schütten und kurz abtropfen lassen. Die noch heißen Grieben wieder in die Pfanne zurückgeben und mit Salz sowie Zucker und etwas Pfeffer bei geringer Hitze karamellisieren lassen. Das entstandene Griebenkrokant auf Küchenkrepp gut abtropfen lassen und dann fein hacken.
Die Jakobsmuscheln (falls sie den kräftigen roten, festen Rogen enthalten, kann dieser mitverwendet werden) in wenig Traubenkern- oder Olivenöl von beiden Seiten behutsam jeweils 1–1 1/2 Minuten anbraten. Kurz vor dem Herausnehmen die frische Butter zugeben. Dann das Muschelfleisch sofort mit den Händen in der Mitte auseinander brechen und die Bruchstelle mit Meersalz, wenig Cayennepfeffer und Griebenkrokant bestreuen, den Bratensatz beiseite stellen.

Feldsalat mit Vinaigrette

5 EL Apfelessig
4 EL Wasser oder Geflügelbrühe
1 Mokkalöffel Dijon-Senf
Salz, Zucker
wenig Pfeffer aus der Mühle (vorzugsweiße schwarzer oder Cayennepfeffer)
1/2 Schalotte, geschält und fein gewürfelt
8–10 Esslöffel Traubenkernöl
250 g kleiner Feldsalat, geputzt
1/2 Bund Kerbelblättchen, abgezupft
1/2 Bund Schnittlauch, fein geschnitten
2 Tomaten, gehäutet, entkernt und fein gewürfelt

Essig, Wasser oder Geflügelbrühe, Senf, Salz, Zucker und Pfeffer nach Geschmack zu einer Vinaigrette verrühren. Die Schalottenwürfel zugeben und das Traubenkernöl nach und nach unterrühren. Nochmals abschmecken. Den Feldsalat in der Vinaigrette marinieren, die Kräuter darüber streuen und dann auf 4 Tellern mittig anrichten.

Die aufgebrochenen und gewürzten Jakobsmuscheln rundherum legen. Die Tomatenwürfel in der Pfanne mit dem restlichen Bratensatz der Muscheln kurz durchschwenken und über die Muscheln und den Feldsalat geben. Das restliche Griebenkrokant ebenfalls darüber streuen oder separat dazu reichen.

Kohlrouladen

80 g Schalotten, fein gewürfelt
50 g geräucherter Bauchspeck, fein gewürfelt
Butter zum Braten
500 g Rinder- und Schweinegehacktes halb und halb
3 Eier
120 ml flüssige Sahne
80 g Rückenspeck vom Schwein, fein gewürfelt
1/2 Bund glatte Petersilienblättchen, fein geschnitten
nach Belieben 6 Liebstöckelblätter, fein geschnitten
1/2 Mokkalöffel Kreuzkümmel, fein gemahlen
Salz
schwarzer Pfeffer aus der Mühle
1 gute Prise Zucker
12–16 mittelgroße Spitzkohlblätter, geputzt
500 g Schweinenetz, gewässert
Schweineschmalz zum Braten
500 ml Kalbssauce
1 Bund Frühkarotten

Schalotten- und Bauchspeckwürfel in einer Pfanne in Butter bei mittlerer Hitze goldgelb dünsten. Hackfleisch, Eier, Sahne, Rückenspeckwürfel, Petersilie, nach Belieben Liebstöckel und Kreuzkümmel gründlich vermengen und mit Salz, Pfeffer und Zucker würzen. Die Schalotten- und Speckwürfel zugeben und kalt stellen.
Die Spitzkohlblätter in leicht übersalzenem, kochendem Wasser 2 Minuten blanchieren und in Eiswasser abschrecken. Nun die mittlere dicke Blattrippe herausschneiden und die Blätter auf einem Küchenhandtuch leicht überlappend nebeneinander auslegen. Mit einem zweiten Tuch abdecken und mit einer Teigrolle fest darüber rollen. Das obere Handtuch entfernen und die Hackfleischmasse am unteren Rand in einer gleichmäßig dicken Rolle aufbringen. Die Kohlblätter nochmals mit Salz und Pfeffer würzen und die Füllung darin einrollen.

Die entstandene Rolle in 8 gleich große Rouladen schneiden. Das Schweinenetz ausdrücken, von dicken Strängen befreien und die Rollen darin einschlagen. Kohlrouladen in etwas Schweineschmalz rundherum gleichmäßig braun anbraten. Das Fett anschließend abgießen und die Kalbssauce dazugeben. Im Backofen bei 200 °C Ober- und Unterhitze 20 Minuten schmoren. Die Rouladen währenddessen mehrmals mit Sauce übergießen. – Die Sauce kann je nach Geschmack noch mit Liebstöckelblättchen aromatisiert werden.
Inzwischen die Frühkarotten schälen und in gefällige Stücke schneiden. In einem Topf mit wenig Butter, Salz und etwas Mineralwasser nicht zu weich dünsten.

Die Kohlrouladen zusammen mit den gedünsteten Karotten und nach Belieben mit Bratkartoffeln gefällig auf 4 Tellern anrichten. Je nach Jahreszeit können auch sautierte Pfifferlinge oder Steinpilze dieses Gericht begleiten.

Himbeer-Rhabarber-Soufflé

auf Rhabarber-Ragout, dazu Rosmarin-Mascarpone-Eis und Quarkschaum auf Erdbeeren

Himbeer-Rhabarber-Soufflé

180 g Rhabarber, geputzt und in Stücke geschnitten
50 g Himbeerpüree
ca. 180 g Zucker
15 g Speisestärke
100 g Eiweiß (2–3 Eiweiß)
Butter für die Förmchen

Rhabarber mit Himbeerpüree und 60 Gramm Zucker weich kochen, fein pürieren. Die Stärke in 1 Esslöffel Wasser glatt rühren, zugeben und das Püree nochmals unter Rühren aufkochen. Abkühlen lassen. Eiweiße mit 50 Gramm Zucker cremig aufschlagen, zur Masse geben und glatt rühren. Souffléförmchen von 8 Zentimeter Durchmesser buttern und zuckern, Masse bis zum Rand einfüllen und im Wasserbad bei 180 °C 20 Minuten im Ofen backen.

Rosmarin-Mascarpone-Eis

100 ml Zitronensaft
200 ml Läuterzucker
Rosmarinnadeln von 2 dicken Zweigen, abgestreift
100 ml Milch, 500 g Mascarpone

Zitronensaft, Läuterzucker und Rosmarinnadeln in einem Mixer fein mixen und dann durch ein Sieb passieren. Einige Rosmarinnadeln für die Garnitur beiseite legen. Milch mit dem Mascarpone glatt rühren und den Rosmarin-Läuterzucker unterrühren. Die Masse 12 Stunden lang durchfrieren lassen. Bei Bedarf in der Küchenmaschine cremig rühren.

Rhabarber-Ragout

200 g Rhabarber, 50 g Zucker
5 g Tortenguss (Stärke), klar und ungesüßt
20 ml Mineralwasser oder Weißwein

Rhabarber putzen und in Stücke schneiden. Mit dem Zucker vermengen und 2 Stunden Saft ziehen lassen. Auf einem Sieb abtropfen lassen. Den aufgefangenen Saft mit Tortenguss und Mineralwasser oder Wein

glatt rühren. Vanillemark und Zitronenabrieb zugeben, aufkochen. Rhabarber und Himbeeren dazugeben. Bei geringer Hitze weich dünsten. Aus dem Sud nehmen und durch ein Sieb zurück in den Topf passieren.

Mark von 1/2 Vanilleschote
Abrieb von 1/2 Zitrone
10 Himbeeren, gefroren

Quarkschaum

Quark, Zitronensaft und Vanillemark verrühren, Eiweiße und Zucker zu steifem Schnee schlagen. Alle vorbereiteten Zutaten mit dem Spachtel zu einer homogenen Masse verarbeiten. Durchkühlen lassen.

250 g Quark, Saft von 1 Zitrone
Mark von 1 Vanilleschote
250 g Eiweiß (6–7 Eiweiß)
125 g Zucker
500 ml geschlagene Sahne
(30 % Fettgehalt)
einige Erdbeeren,
in Scheiben geschnitten

In 4 tiefen Tellern Rhabarber-Ragout verteilen und das Soufflé darauf stürzen. Von dem Rosmarin-Mascarpone-Eis mit einem in heißes Wasser getauchten Löffel Nocken abstechen und separat mit Rosmarin garniert auf Rhabarber-Ragout servieren. Den Quarkschaum separat als Nocken auf Erdbeerscheiben anrichten.

Manfred Schwarz

Menü zu Bratkartoffeln mit Spiegelei

Strudel von Blut- und Leberwurst auf
Apfel-Meerrettich-Gemüse

Bratkartoffeln mit Spiegelei

Kartäuser Klöße auf
Weinschaumsauce mit Weinschaumeis

Manfred Schwarz

Manfred Schwarz

Strudel von Blut- und Leberwurst auf Apfel-Meerrettich-Gemüse

Bratkartoffeln mit Spiegelei

Kartäuser Klöße auf Weinschaumsauce mit Weinschaumeis

Diese verfluchten deutschen Bratkartoffeln! Wieder einmal ist das Einfachste das Schwierigste. Weil jeder Esser eine ganz genaue Vorstellung davon hat, wie Bratkartoffeln zu schmecken haben, wie sie aussehen sollen und aus welcher Kartoffelsorte sie gemacht werden. Da spielt es keine Rolle, ob sich ein Meister am Herd ihrer annimmt, oder eine Sechsjährige versucht, was sie in der Küche bei der Mutter so oft gesehen hat.
Andererseits: Wenn es in Deutschland einen Küchenchef gibt, der für seine ländlich-regionalen Gerichte berühmt wurde, so ist es Manfred Schwarz: Immer wieder musste er im Deidesheimer Hof für den damaligen aus der Pfalz stammenden Kanzler und seine Staatsgäste den Saumagen kochen. Dieses urige Gericht der Pfälzer Küche hat er durch großzügige Trüffelbeigaben tatsächlich in den Rang eines Festessens erhoben, dem sich nur jene Ignoranten verweigerten, denen vorher gesagt wurde, dass es sich um einen gefüllten Schweinemagen handelt. Dabei trat hier ein, was immer wieder zu beobachten ist:

Ein wirklich begabter Küchenchef kann auch aus einem als ordinär verleumdeten Produkt eine Delikatesse machen.

Aber es war nicht nur der Saumagen, der Manfred Schwarz in der Welt der feinen Gastronomie bekannt und zu so etwas wie den deutschen Staatskoch machte. Er führte in Deidesheim auch ein Gourmet-Restaurant, über dem lange Jahre zwei Sterne glänzten. Und in der Dependance (wo er den Saumagen servierte) standen traditionelle Deftigkeiten auf der Karte, die in der Pfalz nicht ungewöhnlich sind, aber selten durch einen derart ehrgeizigen Koch so veredelt wurden. Noch heute erinnere ich mich sehnsuchtsvoll an seine Sauerkrautgerichte, die mit Pfälzer Würsten aus erstklassiger Produktion zu den Gründen gehörten, deretwegen ich die Autobahn verließ, um immer wieder einmal im Deidesheimer Hof zu essen.
Inzwischen ist Manfred Schwarz, dieser Garant der Pfälzer Beständigkeit, nach Heidelberg umgezogen, in ein modernes Restaurant in einem Hochhaus. Und was kocht er dort neben den üblichen Glanzlichtern der Hochküche? Er kocht zwar keinen Saumagen mehr, aber wenn er Champagnergekräusel auf die Karte schreibt, dann ist das seine Edelvariante von Kutteln. Blut- und Leberwurst wird oft als Amuse-Gueule serviert. Grund genug, ihn zu dieser Serie über deutsche Regionalgerichte einzuladen.

Und mit Blut- und Leberwurst beginnt auch sein Menü, nämlich mit einem Strudel. (Den hauchdünnen Strudelteig gibt es wie andere Teigarten fix und fertig zu kaufen. In Österreich ohnehin, aber als marokkanischer Brickteig auch in der Exotik-Abteilung des Supermarkts oder beim türkischen Gemüsehändler.)

Als Erstes werden mehrere Wirsingblätter blanchiert, in dünne Streifen geschnitten, mit fein gehackten Schalotten angeschwitzt und mit Salz und Majoran gewürzt. Dann bedeckt Manfred Schwarz eine rechteckig und gleichmäßig dick geschnittene Blutwurstscheibe mit einer gleichgroßen und -dicken Leberwurstscheibe und belegt diese widerum mit einer passenden Blutwurstscheibe. Er schneidet diesen Stapel quer viermal durch. Ein Achtel der Wirsingstreifen wird auf einem mit Eiweiß bestrichenem Brickteigblatt verteilt. Darauf legt Schwarz einen der Wursttürme, den er dann wieder mit einem Achtel Wirsingstreifen belegt. Nun schlägt der Küchenchef den Brickteig um den Wurstturm herum und packt ihn luftdicht ein. Die Pakete werden in einer ofenfesten Pfanne im Backofen bei 180 °C ungefähr 15 Minuten gebacken. (Lassen Sie sich übrigens von den nebenstehenden Fotos nicht irritieren. Manfred Schwarz kochte das Gericht hierfür in einer größeren Menge als im Rezept angegeben.) Damit ist das Gericht im Prinzip fertig. Aber was heißt das schon, wenn ein Meisterkoch sich mit Wurststrudel abgibt? Für ihn ist ein Gericht erst fertig, wenn es seinen Vorstellungen entspricht An dieser Stelle verriet Manfred Schwarz einen Trick: In ein Teigblatt eingewickelt, wird der Wurststrudel fast durchsichtig und bleibt relativ feucht. Will Schwarz den Strudelteig aber knusprig und braun haben, muss er zwei Teigblätter herumgewickeln.

Eine Bemerkung zu den Blut- und Leberwürsten: Die macht auch ein Koch wie Manfred Schwarz nicht selber. Dafür sind die Metzger zuständig, sagt er. Und deshalb sollte sich die Hausfrau ihrem Metzger anvertrauen oder einen anderen Produzenten suchen, der auf die Herstellung von guten Würsten spezialisiert ist.
Als Begleitung der Wurststrudel hat Schwarz verschiedene Dinge vorbereitet, süße, säuerliche und scharfe Elemente. Am eindrucksvollsten empfand ich ein Apfel-Meerrettich-Gemüse. Dazu werden geschälte Äpfel gewürfelt, mit Zucker und Butter angedünstet, mit Wein und Calvados abgelöscht, nicht zu gar gedünstet, und dann mit etwas Béchamel verrührt. Sodann werden 2 Esslöffel frisch geriebener Meerrettich mit den Apfelstücken vermischt, vielleicht auch 3 Esslöffel. Und eventuell ist zusätzlicher Zucker nötig, vielleicht auch ein paar Tropfen Zitronensaft und Himbeeressig. Zum Schluss wird vorsichtig etwas Sahne untergehoben. Auf diesem Apfelmeerrettich richtet Manfred Schwarz je 2 Hälften des gebackenen Wurststrudels an.

Vierzehn Jahre lang war der Schwabe Manfred Schwarz (Jahrgang 1956) im Deidesheimer Hof der pfälzische Leib- und Saumagenkoch Helmut Kohls. Da musste er für Boris Jelzin auch schon mal das Rezept für den Blut- und Leberwurst-Strudel aufschreiben.

Dann eröffnete er im Jahr 2003 sein eigenes Restaurant in Heidelberg, eine Kuriosität: tagsüber die Vorstandskantine eines großen Druckmaschinenherstellers, abends ein puristisch-elegantes Restaurant.

Und schon im ersten Jahr wurde Schwarz mit einem Michelin-Stern und 16 GaultMillau-Punkten belohnt. Was kaum jemanden überraschte. Denn Manfred Schwarz, dem gern das Epitheton „umtriebig" gegeben wird, hat auch vor seiner Pfälzer Zeit schon bei ein paar exzellenten Adressen gekocht und hatte im Bareiss mit nicht einmal 30 Jahren zwei Michelin-Sterne.

Schwarz
Das Restaurant
Kurfürstenanlage 60
69115 Heidelberg
Tel. 062 21/75 70 30
So, Mo und mittags geschlossen

Der Kontrast von süß und scharf zur wurstigen Teigrolle ist wunderbar, genügt dem Meister aber nicht. Deshalb werden auf den Tellern noch Preiselbeeren angerichtet sowie ein hochkonzentrierter, aufgelöster Fleischsaft, eine Glace. Da für Letztere schätzungsweise 5 Kilo Fleisch ausgekocht werden müssen, ist dieser Zusatz nicht in jedem Fall zumutbar. Wichtig ist allein die kontrastreiche Würzung. Denn erstens gibt sie dem Ganzen die nötige Originalität, und zweitens ist sie eine gewollte Herausforderung an den Wein.

Für den war das Weingut Bercher aus Burkheim im Kaiserstuhl zuständig. Ein gerade abgefüllter 2004er Grauburgunder Kabinett erwies sich als zu jung, ihm fehlte die breite Brust, mit der er den geballten Aromen des Wurststrudels hätte standhalten können. Das schaffte jedoch ein 2003er Burkheimer Feuerberg, Weißburgunder QmP mit 14 Volumenprozent Alkohol. Aber auch eine Spätburgunder Spätlese des Jahrgangs 2003 behauptete sich erstaunlich gut gegenüber der süßen und scharfen Herausforderung. Für Rainer Bercher, der ein passionierter Wildschweinjäger ist, war das selbstverständlich. Seine Hauptsorge galt dagegen den Flaschenkorken. Wie seine Kollegen leidet er unter der schlechten Qualität der Korken und legte ausführlich seinen Standpunkt zu Schraubverschluss und Glas- und Kunststoffkorken dar.
Ein schwieriges Thema, weil das Problem, obwohl weltweit akut, noch lange nicht gelöst ist.

Während uns die Winzersorgen und die Lust am Kaiserstühler Wein ablenkten, bereitete Manfred Schwarz seinen Hauptgang vor. Das war nicht schwierig für den Küchenchef. Am Vortag gekochte Kartoffeln wurden gepellt und in Scheiben geschnitten und danach in Schweineschmalz auf mittlerer Hitze angebraten. Nebenbei wurde 200 Gramm in feine Streifen geschnittener Bauchspeck (ohne Knorpel!) so sanft angebraten, dass er weder braun noch knusprig wurde. Sein flüssiges Bratfett musste der Bauchspeck durch ein Sieb abtropfen. Wenige Minuten zuvor hatte Schwarz eine Kümmelbutter hergestellt. Das ist nichts anderes als eine Hand voll Kümmelkörner, welche mit Butter vermischt und dann sehr fein gehackt werden. Ohne Butter würden sie durch die Küche springen, was man nicht einmal der Haus-katze gestattet. Doch so durchdringen sie eine Portion Butter mit ihrem Aroma, das in Bratkartoffeln nicht fehlen darf, und ersparen es den Essern, sie mit den Zähnen zerbeißen zu müssen.

Die Kümmelbutter wird in der letzten Phase des Bratens unter die Kartoffelscheiben gemischt. Vorher aber gerieten zwischen die Scheiben noch 2 Esslöffel fein gehackte Schalotten, für die der Koch in der Pfanne eine Ecke frei gemacht hatte. Natürlich wurden auch die abgetropften Speckstreifen unter den Kartoffeln begraben.

Wichtig bei dieser urigen Kartoffelbraterei sind eigentlich nur zwei Dinge: die richtige Kartoffelsorte und eine Eisenpfanne,

die noch nie mit Spülmittel gesäubert, sondern immer nur mit Papier ausgewischt wurde. Denn nur so lässt sich das Ansetzen der Kartoffeln (oder Pfannkuchen) auf dem Pfannenboden verhindern.
Und bemerkenswert ist, dass immer Kümmel dabei sein muss, weil Kümmel schwere Speisen verdauen hilft. Der Trick mit der Kümmelbutter ist wirklich sehr hilfreich.
Dazu gab es Spiegeleier und von Bercher eine interessante im Barrique ausgebaute Cuvée „Limberg II" aus 4 Rotweinsorten des Jahrgangs 2002: Cabernet-Sauvignon, Merlot, Lemberger, Blauburgunder.
Das Dessert war entschieden raffinierter und schlug sich wacker mit süßen Weinen des Kaiserstühler Winzers. Eine Gewürztraminer Auslese 2003, eine Beerenauslese 1997 vom Riesling und etwas Rosafarbenes, das aber schnell vom Tisch verschwand, kämpften um die Ehre des idealen Begleiters. Nach dem Prinzip, dass ein Süßwein nicht weniger süß sein dürfe als das Dessert, gewann knapp die Beerenauslese, obwohl die Sympathien allgemein beim blumigen Gewürztraminer lagen.

Die Kartäuser Klöße, wie Manfred Schwarz seine Nachspeise nennt, bestehen aus großen Weißbrotwürfeln, welche mit einer Zimt-Vanille-Milch getränkt und in Semmelbröseln gewendet werden (groß bedeutet hier etwa 4 Zentimeter Kantenlänge). Diese Würfel werden danach in geklärter Butter (oder Butterschmalz) vorsichtig von allen Seiten angebraten, dann in einem Zucker-Zimt-Gemisch gewälzt und im Backofen fertig gebraten. Es versteht sich von selbst, dass dabei keine Bitternote entstehen darf, also muss der Bratvorgang sehr sorgfältig kontrolliert werden.
Diese schon in ihrer Nacktheit köstlichen Weißbrotwürfel serviert der Küchenchef in einer Weinschaumsauce mit einer zusätzlichen Kugel Speiseeis sowie leicht pochierten Pflaumenstreifen. Attribute, die bei der Präsentation großen Beifall fanden. Schon im Urzustand sind die Kartäuserklöße köstlich, weil sie den Armen Rittern gleichen, diesem zu Unrecht als Kinderspeise bezeichneten Dessert. Mit der zusätzlichen Behandlung durch Manfred Schwarz könnten sie sich würdig in der Kategorie Nationalgericht einreihen – wenn sie nicht auch in anderen Ländern zur Kulinar-Tradition gehörten.

Was die Familie Bercher am Westhang des Kaiserstuhls an Früchten anbaut, wird ausnahmslos getrunken: die Trauben als Wein, das Obst als Edelbrand aus der eigenen Hausbrennerei.

In der Burgküche erfreute Rainer F. Bercher die Köche noch während der Arbeit mit einem handgerüttelten 1997er Winzersekt Pinot Extra Brut und schenkte während des dreigängigen Menüs nicht weniger als dreizehn verschiedene Weine ein, darunter zur Vorspeise einen 2003er Weißburgunder Kabinett „Burkheimer Feuerberg" und einen 2004er Grauburgunder Kabinett „Burkheimer Schlossgarten". Zu den Bratkartoffeln gab es eine 2002er Rotwein-Cuvée QbA „Limberg II" und zum Dessert eine 2003er Gewürztraminer Auslese „Königschaffhauser Hasenberg", sowie eine 1997er Riesling Beerenauslese „Burkheimer Schlossgarten".

Weingut Bercher
Mittelstadt 13
79235 Vogtsburg-Burkheim
(Baden)
Tel. 076 62/90 60
www.weingutbercher.de

Strudel von Blut- und Leberwurst

auf Apfel-Meerrettich-Gemüse

Strudel von Blut- und Leberwurst

200 g Wirsingblätter, blanchiert
100 g Schalotten, Butter zum Braten
Salz, einige Majoranblättchen
2 rechteckige, dicke Scheiben Blutwurst (à ca. 320 g)
1 rechteckige, dicke Scheibe Leberwurst (ca. 320 g)
4 Blatt Brick- bzw. Strudelteig (Fertigprodukt)
1 Eiweiß

Die blanchierten Wirsingblätter in feine Streifen schneiden. Schalotten fein hacken und in Butter andünsten. Wirsingstreifen zugeben und kurz mitdünsten, mit Salz und Majoran würzen. Die Wurst so übereinander legen, dass die Leberwurstscheibe zwischen den Blutwurstscheiben liegt. Den Stapel 4-mal quer durchschneiden. Die Brickteigblätter auslegen. In die Mitte jeweils ein Achtel des Wirsings geben und mit einem Viertel des Wurststapels belegen. Jeweils mit einem weiteren Achtel des Wirsings abschließen. Die Ränder der Strudelblätter mit Eiweiß einpinseln und die Füllung darin wie in ein Paket einpacken. In eine feuerfeste Pfanne setzen. Im Ofen bei 180 °C etwa 15 Minuten backen.

Apfel-Meerrettich-Gemüse

ca. 50 g frischer Meerrettich
2 Äpfel (Golden Delicious)
etwas Zucker, etwas Butter
Calvados und Weißwein nach Belieben
ca. 150 ml Béchamelsauce
Salz, Pfeffer aus der Mühle
etwas Zitronensaft
etwas Himbeeressig
50 ml geschlagene Sahne
Preiselbeeren und Kerbel nach Belieben zum Garnieren

Den Meerrettich schälen und fein reiben. Äpfel schälen, vom Kerngehäuse befreien und in gleichmäßige Würfel schneiden. In einer Pfanne etwas Zucker farblos zum Schmelzen bringen, etwas Butter dazugeben und die Apfelwürfel darin kurz anschwitzen. Mit etwas Calvados und Wein ablöschen, durchschwenken und den Pfanneninhalt in die heiße Béchamel geben. Das Gemüse mit Salz, Pfeffer, Zitronensaft und Himbeeressig würzen. Die geschlagene Sahne vorsichtig unterheben.

Den gebratenen Wurststrudel aufschneiden und dekorativ auf dem Apfel-Meerrettich-Gemüse anrichten. Nach Belieben mit Preiselbeeren und Kerbel garnieren.

Bratkartoffeln mit Spiegelei

Die gepellten Kartoffeln vom Vortag in feine Scheiben schneiden. Das Schweineschmalz erhitzen und den Bacon darin auslassen. Etwas von dem Fett abgießen und die Kartoffelscheiben in dem restlichen Fett goldgelb anbraten. Im letzten Drittel der Garzeit die Schalottenwürfel dazugeben und die Kartoffeln mit Kümmelbutter, Salz, Pfeffer und Muskat würzen.

Inzwischen in einer weiteren Pfanne wenig Butter schmelzen lassen, dahinein Salz streuen und die Spiegeleier darauf braten. (Wenn die Spiegeleier solcherart von unten gesalzen werden, behalten sie eine schöne, glatte Oberfläche.) Die Bratkartoffeln auf 4 Portionsteller verteilen und mit jeweils 2 Spiegeleiern krönen. Nach Belieben mit frischen Kräutern bestreuen.

1 kg fest kochende Kartoffeln (z. B. Sieglinde), am Vortag gekocht und gepellt
50 g Schweineschmalz
150 g Bacon, fein gewürfelt
100 g Schalotten, fein gehackt
etwas Kümmelbutter, Salz
Pfeffer aus der Mühle
frisch geriebene Muskatnuss
Butter zum Braten, 8 Eier
frische Kräuter (z. B. Petersilie) nach Belieben

Kartäuser Klösse

auf Weinschaumsauce mit Weinschaumeis

250 g Brötchen oder Toastbrot
am Stück ohne Rinde
125 ml Milch
etwas Zimt, etwas Vanillezucker
1 Prise Salz, Semmelbrösel
Butterschmalz oder geklärte Butter
zum Braten, Zimtzucker

Kartäuser Klöße

Das Brot in große Würfel schneiden. Die Milch mit Zimt, Vanillezucker und Salz würzen. Die Brotwürfel damit tränken, leicht ausdrücken und in Semmelbröseln wälzen. Die Würfel in erhitztem Fett anbraten und dann etwa 5 Minuten im Ofen bei 180–200 °C backen. Auf Küchenkrepp abtropfen lassen und in Zimtzucker wenden.

Weinschaumsauce

Weißwein, Eigelbe, Zucker und Zitronensaft in einem Rührkessel verrühren und dann über einem heißen Wasserbad schaumig aufschlagen.

400 ml Weißwein
8 Eigelb, 320 g Zucker
Saft von 1 Zitrone

Weinschaumeis

Rotwein aufkochen. Inzwischen Eigelbe und Zucker schaumig schlagen. Wein und Eimasse verrühren und im Mixer aufschlagen, dabei Butter stückweise zugeben, abkühlen lassen. Im Gefriergerät gefrieren lassen.

1,3 l trockener Rotwein
10 Eigelb, 600 g Zucker
500 g kalte Butter

Die Weinschaumsauce auf 4 Teller verteilen und die Kartäuser Klöße darauf anrichten. Das Weinschaumeis dazu geben. Nach Belieben mit gedünsteten Pflaumenstreifen und einigen Minzeblättchen garnieren.

z. B. gedünstete Pflaumenstreifen und Minzeblättchen zum Garnieren

Hans Haas
Menü zu Schweinsbraten

Spargel in der Folie mit pochierten
Eiern und Sauce hollandaise

Schweinsbraten mit Gemüse und Butterknödeln

Topfenschmarrn mit Rhabarber

DIE ZEIT

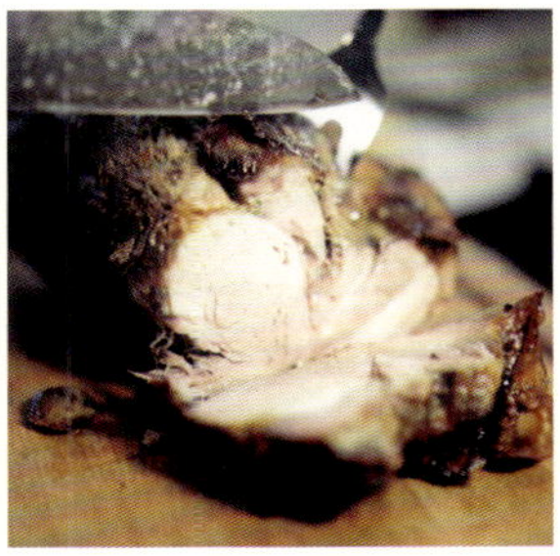

Hans Haas

Spargel in der Folie mit pochierten Eiern und Sauce hollandaise

Schweinsbraten mit Gemüse und Butterknödeln

Topfenschmarrn mit Rhabarber

Das Tantris in München-Schwabing ist Deutschlands berühmtestes Restaurant, weil dort begann, was man getrost als deutsches Gastronomiewunder bezeichnen kann. Als der Bauunternehmer Fritz Eichbauer 1971 das Restaurant eröffnete, sorgte allein schon sein orange-schwarzes Ambiente für Aufregung. Sodann installierte er dort einen Jungkoch, der ihm von den Brüdern Haeberlin empfohlen worden war: Eckart Witzigmann. Der Rest ist Geschichte. Seit fast 15 Jahren ist Hans Haas jetzt der Küchenchef des renommierten Restaurants, welches seit seiner Eröffnung stets zur Spitze der deutschen Gastronomie gehörte.

Die Vorspeise des Hans Haas sensationell zu nennen, scheint mir nur recht und billig.

Aber nicht, womit er den Spargel zusammenbringt, keine Sauce oder Zutat ist dafür verantwortlich, sondern die Technik, mit der er die weißen Stangen gart. Anstatt das ohnehin schon sehr wasserhaltige Gemüse in Wasser zu kochen, wie allgemein üblich, packt er die geschälten Spargel in Alufolie ein und legt sie in den heißen Backofen. Im Einzelnen geht das so vor sich: Eine Portion Spargel (6 bis 8 geputzte Stangen) nebeneinander (!) auf einen großen Bogen Alufolie legen, mit Salz und Zucker bestreuen und mit Butterflöckchen belegen. Dann wird die Folie wie eine große Tüte um den Spargel gefaltet und ihre Rändern fest zusammendrückt, so dass sie luftdicht schließt.

Spätestens zu diesem Zeitpunkt wird auch das Dessert vorbereitet. Dazu werden einige Stangen Rhabarber geputzt und schräg in etwa 2 Zentimeter lange Stücke geschnitten. Die legt Haas nebeneinander in eine Bratform, bestreut sie mit dem Mark einer Vanilleschote, wirft auch die ausgekratze Schote sowie eine Zimtstange hinterher und einige Scheiben von einer Ingwerwurzel. Dann werden 200 Gramm Zucker in 50 Millilitern Wasser zu Sirup gekochte und über den Rhabarber getröpfelt. Das Zuckerwasser wird sofort hart, die Bratform mit Alufolie dicht verschlossen und für eine halbe Stunde in den 140 °C heißen Backofen geschoben.

Vorher hatte dort der Schweinebraten gelegen. Und das kam so: Hans Haas hatte ein wunderschönes Rückenstück vom Schwein im Gepäck. Natürliche Aufzucht, und was ein Meisterkoch sonst von seinen Produkten verlangt, war selbstverständlich. Dieses Stück legte er in eine passende Bratform, in der sich bereits Folgendes befand: eine Lage klein gehackte Schweinsknochen und geschältes beziehungsweise geputztes und klein geschnittenes Gemüse wie Schalotten, Sellerie, Karotten, Knoblauch und Kartoffeln. Die waren auf dem Herd angebraten worden, wie das für eine Saucenbasis üblich ist.

Als das Anbraten Spuren hinterlassen hatte, kam das Rückenstück dazu. Haas hatte es kräftig gesalzen, gepfeffert und mit Kümmel bestreut. Die vollgepackte Form wurde unverzüglich in den 160 °C, später 200 °C heißen Backofen geschoben.

Hans Haas ist ein Freund des Garens im Backofen. Weil er dadurch das fast immer zu scharfe Braten in der Pfanne umgehen kann. Zu diesem Gericht sagte er: „Was kann man mit so einem Stück vom Schwein schon anderes machen, als es im Rohr braten? Originalität bringen bestenfalls die Beilagen ins Spiel.“
Bei den Beilagen handelt es sich erst einmal um geschmorten Spitzkohl. Dem werden die äußeren grünen und dicken Blätter abgeschnitten. Sodann wird er senkrecht in schmale Segmente geschnitten, welche sich nicht auflösen dürfen. Denn jetzt müssen sie erst einmal in die Pfanne, wo sie in Butter leicht angebraten werden, dabei salzen. Dann werden die Kohlsegmente in eine weitere Bratform gelegt und warten nun darauf, dass für sie im Ofen ein Platz frei wird.

Zu diesem Zeitpunkt hatte sich die Vorspeise, der Spargel in der Alutüte, als die Sensation des Menüs herausgestellt. Denn nicht nur die Gartechnik war neu, auch die Hollandaise, die Hans Haas dazu vorbereitete, hatte es in sich. Statt nämlich wie üblich Schalotten und Essig umständlich gar zu dünsten, nahm der Chef des Tantris eine Abkürzung: Er stellte ein Weckglas mit einer gelbrosa Flüssigkeit auf den Tisch. Das war eine Tomatenconsommé, wie er sie als Grundlage zu den verschiedensten Saucen herstellt. Dazu nimmt er den Inhalt von 5 Dosen geschälten Tomaten, setzt ihn mit 5 Liter Wasser auf und gibt einige Fleischabschnitte dazu. Das alles lässt er nun mehrere Stunden ruhig köcheln, klärt die Brühe mit Eiweiß und gießt sie durch ein Sieb ab. So erhält er eine wunderbar aromatische Saucenbasis.
Für die Hollandaise verwendet er sie folgendermaßen: In eine tiefe Pfanne gießt er 1 Tasse von dieser Tomatenessenz und gibt 2 Eigelbe dazu. Die Pfanne wird auf eine mittlere Hitze gebracht und die Eier ständig mit dem Schneebesen gerührt, bis sie beginnen, dicklich zu werden. Dabei die Hitze sorgfältig kontrollieren, denn die Eiermasse kann blitzschnell stocken, wenn sie zu heiß wird. Etwas Salz und Pfeffer sowie einige Tropfen Zitronensaft, und fertig ist die Hollandaise. Am lauwarmen Herdrand kann sie warten, ohne dass sie Schaden nähme.

Der Schweinebraten, der inzwischen mehrmals mit dem Bratensaft begossen worden war, muss jetzt dem Spargel Platz machen. Er wurde warm gehalten und an seine Stelle die Spargeltüten in den Ofen gelegt. Den Zeitpunkt zu bestimmen, an dem der Spargel gar ist, bedarf einiger

seiner 2 Michelin-Sterne
und der 19/20-Höchstnote
im GaultMillau:

Das mit dem „deutschen Spitzenkoch" ist bei Hans Haas so eine Sache. Denn eigentlich stammt er aus Österreich, aus der Wildschönau in Tirol. Nach der Ausbildung dort kochte er unter anderem bei den Haeberlins in Illhaeusern und bei Witzigmann in München. 1987 gewann er den dritten Preis beim „Bocuse d'or", der Weltmeisterschaft der Profiköche.

Seit 1991 ist er Chef im Tantris und 1995 war er im GaultMillau der „Koch des Jahres". Erstaunlich ist das Doppelleben des Hans Haas. Nicht nur, dass er in München eine eigene Kochschule führt: Unter dem Namen Jean Lapin arbeitet er als Bildhauer. Und sein Kochbuch „Kulinarische Skizzen" besticht nicht nur durch die Einfachheit der Rezepte, sondern auch durch die Zeichnungen von der Hand des Chefkochs.

Tantris
Johann-Fichte-Straße 7
80805 Schwabing
Tel. 089/361 95 90
So und Mo geschlossen

Erfahrung. Denn natürlich darf man die Tüten nicht öffnen, um nachzuschauen. Das geschieht erst, wenn sie bereits auf dem Tisch stehen, eine Tüte pro Esser. Der macht mit dem Messer einen Schnitt in die Folie und sollte sofort seine Nase daran halten: Der geballte Spargelduft ist überwältigend! Nun werden die Stangen ins Freie geholt und auf den Teller gelegt. Dazu die holländische Sauce und darauf – ein pochiertes Ei. Die Eier werden einzeln und nur halb gar pochiert, dann auf eine Platte gelegt. Erst kurz vor dem Servieren werden sie wieder erwärmt – und zwar in wenig gesalzener Bouillon. Also keine Angst vor der à-la-minute-Hektik! Der Buttersaft in den Alutüten wird auch verbraucht, indem man ihn über den Spargel gibt.

Nach gut 2 Stunden hat sich der Schweinerücken bedrohlich verändert. Die Schwarte scheint aufgeblasen, das Fleisch jetzt eher grau als rosa gefärbt. Aber der Braten ist fertig und enthüllt seine wunderbare Qualität. Die besteht vor allem in seinem Geschmack und der Saftigkeit, wozu die dicke Fettschicht deutlich beigetragen hat. Die Schwarte hat genau jene Eigenschaft, die in Bayern als Nonplusultra eines Schweinsbratens gilt: Sie kracht, wenn man darauf beißt, und sie hat die Konsistenz von Karamell.

Inzwischen wurden auch die Spitzkohlspalten gegart. Nur mit etwas Butter, gesalzen und gepfeffert, im Backofen. Einfach und schlicht das Ganze, für das Hans Haas noch spezielle Knödel gemacht hat. Sie waren überraschend klein und locker. Denn sie bestanden aus Eiern, Butter und Mie de pain, was auf Deutsch Semmelbrösel heißt.

Zu diesem Zeitpunkt drängte sich die alte Frage in den Vordergrund, welcher Wein zu einem Schweinsbraten passt. In Bayern kennt die Antwort jeder Heranwachsende: Bier. Doch der Küchenchef des Tantris setzte auf ein Weingut in der Pfalz: Werner Knipser aus Laumersheim. Und tatsächlich hatten wir wieder einmal das Vergnügen, einen perfekten deutschen Wein im Glas zu haben. Der Riesling „Halbstück",

2001 Spätlese, mit einer dezenten Restsüße, die sich noch im Trocken-Bereich bewegte, war schlichtweg ideal. Aber auch die anderen Weine dieses außergewöhnlichen Weinguts begeisterten die Esser. Da war eine trockene 2002er Chardonnay-und-Weißburgunder-Spätlese, aber auch Spätburgunder Spätlesen, welche zu den besten gehören, die in Deutschland produziert werden und den Schweinebraten krönten, als wäre das die einfachste Sache der Welt. Schon vorher hatte uns Werner Knipser gezeigt, dass er auch einen frischen 2004er Sauvignon blanc im Programm hat, der genau die richtige Mitte zwischen parfümiert und Bescheidenheit einhielt. Der richtige Wein zum Spargel wie auch zum Aperitif!

Dass das Dessert des Hans Haas Topfenschmarrn heißt, ist bei dem gebürtigen Tiroler kein Wunder. Auch dafür braucht er wieder den Backofen und folgende Zutaten, welche alle wie ein Pfannkuchenteig miteinander vermischt werden: 2 ganze Eier, 2 Eigelb, 4 Eiweiß, 120 Gramm Zucker, 1 Vanilleschote, 140 Gramm Topfen, 80 Gramm Mehl, 1 Esslöffel Rosinen, 2 Zentiliter Rum.

Diese Masse gießt er in eine gefettete Eisenpfanne und stellt sie in den heißen Ofen. Wenn sich die Oberfläche braun färbt, ist es an der Zeit, mit der abschließenden Bearbeitung zu beginnen. Der gestockte Teig in der Pfanne wird mit einer Gabel zerrupft, Puderzucker darüber gestreut und das Ganze von gekochten Früchten begleitet.

Für dieses Finale hat er den Rharbarber hergerichtet. Der hatte seine Vollendung schon vor dem Braten erreicht. Jetzt, in enger Symbiose mit dem Topfenteig, gelingt den sauren Stangen eine überzeugende Veränderung der letzlich simplen Zutaten zu jener Delikatesse, die den Besucher österreichischer Gasthäuser jedes Mal aufs Neue überzeugt. Ob man dazu noch eine kleine Portion Sahneeis serviert oder ein Früchtekompott, ist nicht entscheidend. In jedem Fall ist ein Topfenschmarrn à la Hans Haas ein kulinarisches Ereignis.

War es ein Zufall, dass Hans Haas sich Werner Knipser und seine Weine als Begleitung für sein Menü gewünscht hatte – und dass die Familie Knipser ebenso aus Tirol stammt wie der Tantris-Chef?

Ein Vorfahr der Knipsers ist schon im 17. Jahrhundert von Südtirol in die Rheinpfalz ausgewandert, und so prangt heute ein in Innsbruck verliehenes Familienwappen auf den Flaschen eines der besten deutschen Weingüter.

Zum Spargel schenkte Werner Knipser einen 2003er Sauvignon blanc Spätlese trocken ein und einen 2003er Chardonnay & Weißburgunder Spätlese trocken, zum Schweinsbraten eine 2001er Riesling Spätlese trocken „Halbstück", einen 2002er Spätburgunder „Im großen Garten" und eine 2001er Cuvée X, zum Dessert eine 2001er Chardonnay Beerenauslese und eine 2003er Riesling Trockenbeerenauslese.

Weingut Knipser
Hauptstraße 47–49
67229 Laumersheim (Pfalz)
Tel. 06 38/742
www.weingut-knipser.de

Spargel in der Folie

mit pochierten Eiern und Sauce hollandaise

Spargel

28 gleich dicke Stangen
Spargel von je etwa 50 g
Salz
Zucker
160 g Butter in Flöckchen
1–2 EL Schnittlauchröllchen oder
gehackte Petersilie nach Belieben

Spargel schälen und je 7 Stangen auf 2 übereinander gelegte, gleich große Bögen Alufolie legen. Mit Salz und wenig Zucker würzen und mit Butterflöckchen belegen. Die Foliestücke über dem Spargel verschließen und die Ränder jeweils fest zusammenfalzen. Die Pakete nebeneinander auf einem Backblech auf die untere Schiene des 200 °C heißen Ofens schieben und den Spargel in 40–45 Minuten garen.

Pochierte Eier

4 Eier
100 ml Essig
leicht gesalzene Bouillon

Eier aufschlagen, einzeln von einer Kelle in kochendes Essigwasser gleiten lassen und in etwa 2 Minuten halb gar pochieren, herausnehmen und auf eine Platte legen. Kurz vor dem Servieren in der Bouillon erneut erwärmen.

Sauce hollandaise

2 Eigelb
100 ml Tomatenconsommé
150 g zerlassene Butter, Salz
Cayennepfeffer, Zitronensaft

Eigelbe und Tomatenconsommé über einem Wasserbad unter ständigem Rühren aufschlagen. Die flüssige Butter nach und nach zugeben, mit Salz, Cayennepfeffer und etwas Zitronensaft würzen.

Spargelpakete aus dem Ofen nehmen, kurz ruhen lassen, auf Teller verteilen und die Folie erst bei Tisch öffnen. Das Gemüse nach Belieben mit Petersilie oder Schnittlauch bestreuen. Pochierte Eier und Hollandaise separat dazu servieren.

Schweinsbraten

mit Gemüse und Butterknödel

Schweinsbraten

Für ca. 10 Personen
2 Hand voll Schweineknochen
Öl und Butter zum Braten
4 Karotten, 1/2 Sellerieknolle
4 Stangen Staudensellerie
4 mittelgroße Zwiebeln
2 Knoblauchzehen
4 mittelgroße Kartoffeln, in Scheiben
ca. 2 kg Schweineschopf mit Fett (wichtig!)
Salz, Pfeffer aus der Mühle
etwas Kümmel

Die klein gehackten Schweinsknochen waschen und abtropfen lassen. In etwas Öl und Butter anbraten und in eine Fettpfanne legen. Das geschälte beziehungsweise geputzte Gemüse in grobe Stücke schneiden und mit den Kartoffelscheiben auf den Knochen verteilen. Etwas Wasser angießen. Den Schweinsbraten mit Salz, Pfeffer und Kümmel würzen und mit der Fettseite nach unten (!) darauf legen.
Bei 160 °C für etwa 1 1/2 Stunden in den Backofen schieben und während des Garens öfters mit dem Bratfond übergießen. Wenn nötig zusätzliches Wasser angießen, so dass genügend Sauce entstehen kann. Anschließend den Braten umdrehen und bei auf etwa 200 °C erhöhter Temperatur etwa 30 Minuten weitergaren. Danach sollte seine Schwarte schön kross sein.

Butterknödel

100 g weiche Butter
2 Eier, 2 Eigelb
80 g Semmelbrösel
Salz, Pfeffer aus der Mühle
frisch geriebene Muskatnuss
frisch ausgelassener Grieben nach Belieben

Die Butter schaumig schlagen. Eier und Eigelbe nach und nach zugeben und weiterschlagen. Semmelbrösel („Mie de Pain“, Weißbrotbrösel ohne Rinde) unterrühren. Die Knödelmasse mit Salz, Pfeffer und Muskat würzen. Etwa 40 Gramm schwere Knödel aus der Masse formen. In etwa 8 Minuten in kochendem Salzwasser garen. Zum Schluss die Knödel eventuell in frisch ausgelassenem Grieben wälzen.

Das geschmorte Gemüse aus der Fettpfanne auf Portionstellern verteilen. Den Schweinsbraten aufschneiden und in Scheiben darauf legen. Jeweils einen Butterknödel neben dem Braten anrichten, mit etwas Bratfond nappieren und servieren.

Topfenschmarrn
mit Rhabarber

2 Eier, 2 Eigelb
120 g Zucker
Mark von 1 Vanilleschote
Schale von 1/2 Limette
140 g magerer Topfen (Quark)
80 g Mehl, 4 Eiweiß
2 cl Rum, Butter zum Fetten
Rosinen
Puderzucker zum Bestäuben

Topfenschmarrn

Eier und Eigelbe schaumig schlagen, dabei nach und nach 80 Gramm Zucker einrieseln lassen. Vanillemark und Limettenschale zugeben und weiterschlagen, bis sich der Zucker aufgelöst hat. Topfen und Mehl zufügen und alles locker von Hand untermischen. Eiweiße mit restlichen Zucker steif schlagen. Eischnee und Rum unter den Teig heben und diesen in 2 gut gefettete ofenfeste Pfannen geben. Mit den Rosinen bestreuen.

Den Teig auf dem Herd kurz anbacken lassen, danach auf die untere Schiene des auf 220 °C vorgeheizten Backofens schieben und in etwa 10 Minuten fertigbacken.

Rhabarber

Rhabarberstücke auf einem tiefen Blech verteilen. Zucker und Wasser bei 115 °C kochen. Ausgekratzes Vanillemark und Vanilleschote, Zimtstange, Ingwer und Himbeeren auf dem Rhabarber verteilen, mit gekochtem Zucker übergießen und mit Alufolie abdecken. Im Ofen bei 140 °C 20–30 Minuten garen.

Den Topfenschmarrn mit 2 Gabeln in Stücke reißen, mit Puderzucker bestäuben und zusammen mit dem Rhabarber anrichten.

8 mitteldicke geputzte Rhabarberstangen, in 2 cm dicken Stücken
200 g Zucker, 50 ml Wasser
1 Vanilleschote, 1 Zimtstange
1 Scheibe frischer Ingwer
50 g Himbeeren

Sven Elverfeld

Menü zum Gänserollbraten

Pochierte Wachteleier auf La-Ratte-Kartoffeln
mit Gemüsevinaigrette und Frankfurter Grüner Sauce

Gänserollbraten mit Apfel-Kartoffel-Schmelze
und geschmortem Wurzelgemüse

Frankfurter Brotkirschpudding mit Bischoffsauce,
Schokoladenmousse und Sauerrahmeis

Sven Elverfeld

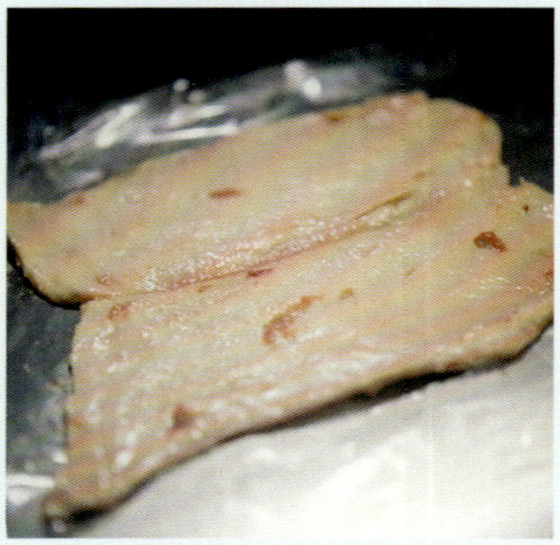

Pochierte Wachteleier auf La-Ratte-Kartoffeln mit Gemüsevinaigrette und Frankfurter Grüner Sauce

Gänserollbraten mit Apfel-Kartoffel-Schmelze und geschmortem Wurzelgemüse

Frankfurter Brotkirschpudding mit Bischoffsauce, Schokoladenmousse und Sauerrahmeis

Er besitzt einen Michelinstern, wurde 2004 vom Gault-Millau zum Koch des Jahres gekürt und arbeitet im Restaurant Aqua des Ritz-Carlton in Wolfsburg, des wahrscheinlich luxuriösesten Hotels in Deutschland. Sein Stil passt zu der Modernität des von der Designerin Andrée Putman eingerichteten Hauses in der Autostadt, er macht Anleihen bei Ferran Adrià, hat ein 10-gängiges Menü in kleinsten Portionen auf der Karte, aber nichts, was konservative Esser entzücken könnte.
Auch werden bequeme Köche an seinem Hauptgericht wenig Freude haben. Sein Gänsebraten ist, verglichen mit der traditionellen Weihnachtsgans, nicht nur sehr ungewöhnlich, es gehört auch viel Geschick und nicht wenig Mut dazu, sein Rezept nachzukochen.

Zunächst einmal trennt Elverfeld die beiden Keulen der Gans ab und confiert sie. Das ist ein modischer Begriff der Küchensprache und bedeutet einmachen. Und das geht so: Die wuchtigen Fettmassen im Inneren der Gans werden herausgetrennt und bei mittlerer Hitze in einem passenden Topf langsam ausgelassen. Nach einer halben Stunde etwa sind sie flüssig. Dahinein legt man die beiden Keulen. Wenn der Topf nicht zu groß ist, sind die Keulen vollständig bedeckt: das unter der Keulenhaut sitzende Fett verflüssigt sich ja ebenfalls. Bei 150 °C im Backofen dauert das Ganze je nach Größe der Keulen 2 bis 3 Stunden. Nach dem Abkühlen wird das Fleisch ausgelöst und in kleine Stücke geschnitten.
Während dieser Zeit nimmt sich Sven Elverfeld die beinlose Gans vor. Seine Methode ist für uns Amateure eine Herausforderung. Er beginnt am Rücken des Vogels, schneidet dort die Haut ein und zieht mit Messer und Fingern die komplette Haut mit dem darunter sitzenden Fleisch (die Bruststücke) ab wie einen gefütterten Wintermantel. Dabei darf die Haut auf keinen Fall verletzt werden. Das gilt besonders für die nächste Phase, wenn die Haut vom Fleisch geschabt wird. Gelingt das, liegen nun zwei zusammenhängende Bruststücke und ein mit ihnen verbundenes Hautstück auf dem Tisch.
Die unter dem Brustfleisch sitzenden, kleinen Filets werden abgetrennt und im Mixer püriert. Darin werden ebenfalls püriert: Etwa 30 Gramm rohe Gänsestopfleber und 3 Esslöffel Sahne. Da das Pürieren im Mixer Hitze entwickelt, sollten alle Zutaten leicht angefroren sein, weil sonst das Eiweiß gerinnt (und die künftige Farce ruinieren würde).
Diese Farce bedarf noch des klein gehackten Fleisches von den Keulen, auch Gewürze kommen jetzt ins Spiel. Diese sind zunächst nur Salz, Pfeffer und Cognac. Wenn das alles im Mixer zerkleinert ist, wird es noch durch ein Sieb gestrichen, damit die Farce nicht von eventuell vorhandene Sehnen unterwandert wird. Ist sie fertig abgeschmeckt, streicht sie der Chef des Aqua auf die ausgelösten Bruststücke und wickelt alles in die saubere Haut der Gans.

Die so entstehende Rolle wird in ein Rollbratennetz gestopft und sieht tatsächlich aus wie ein gewöhnlicher, kleiner Rollbraten. Der liegt nun in einer gusseisernen Bratform und wird auf dem Herd angebraten, danach in den auf 200 °C vorgeheizten Ofen geschoben. Nach einigen Minuten reduziert der Meister die Hitze auf 160 °C. Nun darf der Gänsebraten 1 1/2 bis 2 Stunden vor sich hin braten und wird von Zeit zu Zeit begossen und umgedreht.

Als Vorspeise aber hat Sven Elversfeld einen schlichten Gemüsegang vorgesehen. Dessen Attraktion sind pochierte Wachteleier und eine Grüne Sauce. Dazu braucht er sieben verschiedene Kräuter, je nachdem welche gerade frisch zu haben sind. 400 Gramm Kräuter werden mit Schalotten, Balsamico, Traubenkernöl, saurer Sahne oder Schmand, Joghurt und Senf im Mixer püriert und mit Pfeffer, Salz und Zucker gewürzt.

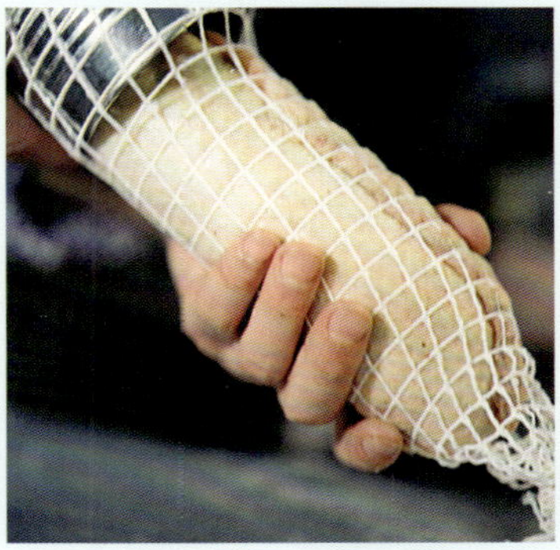

Gleichzeitig beginnt die Arbeit an der Sauce für den Gänserollbraten. Deren Basis ist eine Sauteuse voll geraspelter Äpfel und Kartoffeln: 2 Äpfel, 4 große mehlige Kartoffeln, beides grob geraspelt, werden in 300 Millilitern Gänseschmalz angebraten. Dann geklärte Butter und Gänsefond zugeben. Jetzt beginnt die Phase der Hektik. Denn außerdem müssen Karotten geschrappt und Sellerie geschält werden (als künftige Beilage zum Gänserollbraten). Aber zuerst wird der Apfel-Kartoffel-Butter-Brei in Sauce verwandelt. Durch die Stärke in den Kartoffeln ist er dicklich geworden, durch die Äpfel leicht säuerlich. Nun wird er durchgesiebt, wobei mit einer Kelle nachgeholfen wird. Der ausgedrückte Brei landet im Müll. Der abrinnende Saft ist sehr buttrig und leicht sämig. Sodann wird eine große Hand voll feiner Schalottenscheiben in einer Pfanne leicht angeschwitzt und darauf der Saft geschüttet. Köcheln lassen, bis die Schalotten weich sind. Diese sämige Sauce wird die fertige Gänseroulade komplettieren. Doch dazu muss der Braten im Ofen erst einmal gar sein.

Für diesen noch fernen Moment werden von Sellerie und Karotten gleichmäßig lange und breite Stifte geschnitten. Diese werden mit geputzten Frühlingszwiebeln, Knoblauch und Kräutern in einer großen Pfanne in Gänseschmalz angeschwitzt, mit Gänsefond feucht gehalten, und nun so lange geschmort, bis sie leicht gebräunt und bissfest sind. Nun beginnt die Schlussphase dieses ungewöhnlichen Gänsebratens:

„Es ist sinnlos", schrieb Wolfram Siebeck nach seinem ersten Essen bei Sven Elverfeld, „die einzelnen Akte seiner Küchenoper aufzuzählen. Man versteht den Ruhm des jungen Mannes nur, wenn man sie probiert".

Sven Elverfeld, Jahrgang 1968, stammt aus Hanau am Main, und wie viele große Köche war er vor seiner Ausbildung schon gelernter Konditor.

Er arbeitete mit Dieter Biesler, Willi Tetz und Dieter Müller, er kochte auf Kreta und in Dubai, bevor er im Jahr 2000 Chefkoch des Gourmet-Restaurants Aqua im neuen Ritz-Carlton-Hotel von Wolfsburg wurde.

Schon 2001 bekam er den ersten Michelin-Stern und wurde „Aufsteiger des Jahres" im GaultMillau, 2002 war das Aqua „Restaurant des Jahres" im Feinschmecker und 2004 war Sven Elverfeld für den GaultMillau der „Koch des Jahres" mit 18 von 20 möglichen Punkten.

Aqua im Hotel Ritz-Carlton
Stadtbrücke
38440 Wolfsburg
Tel. 053 61/60 70 91
So, Mo und mittags geschlossen

Der ohnehin nicht dünne Saft wird durch die im Sieb ruhende Schalottenmasse angereichert. Die Roulade verlässt den Ofen und wird in Scheiben geschnitten. Auf die Teller wird die Sauce gelöffelt, darauf die Gemüsestäbchen dekorativ angerichtet und ganz obenauf je 2 Scheiben des Gänsefleischs gelegt.

Das Ganze macht nicht den Eindruck, als sei es Teil eines bürgerlichen Mittagstischs. Es sieht aus wie ein Lièvre à la Royale (ein Paradestück der großen Küche) und hat sowieso keine Ähnlichkeit mit der bürgerlichen Weihnachtsgans. Das war ja auch der Zweck der Übung. Trotz der vielen Butter, die hier verbraucht wird, erscheint dieses Gänsefleisch leicht. Vor allem deshalb, weil die üblichen Erschwernisse wie das Gänsefett durch den sauren Apfelanteil erleichtert wurden. Durch den traditionellen Bratapfel oder die Apfelfüllung würde es niemals die Bekömmlichkeit erreichen, die der Hausarzt immer anmahnt. Eine durchaus artistische Lösung, die den hergebrachten Gänsebraten in ein ebenso kompliziertes wie delikates Gericht verwandelt. Da das Gänsefett nur zum Confieren der Keulen gebraucht, später aber nicht weiter verwendet wird, fehlt dieser Gans die sonst unvermeidliche Deftigkeit.
Auch die große Menge an geklärter Butter, in der die geraspelten Kartoffeln zusammen mit den Äpfeln gekocht werden, ändert nichts daran, dass der Eindruck eines fast leichten Fleischgerichts entsteht.

Die Beschaffung von roher Gänsestopfleber wird manchem Schwierigkeiten machen. Der einfachste Weg ist, sich an den Küchenchef eines nahen Gourmet-Restaurants zu wenden. Im Herbst, wenn auch die Gänse auf den Markt kommen, wird es leichter sein, die benötigte Leber zu bekommen, die übrigens auch von der Ente sein kann.

Diesem großen Spektakel voraus ging die Vorspeise. Sie ist gastronomische Verfeinerung in Reinkultur. Kartoffeln, ein pochiertes Ei und die Grüne Sauce ergeben im Zweifelsfall ein harmloses, hessisches Regionalgericht, wie es schon Goethes Mutter anrichtete. Hier aber ist alles anders.

Beginnen wir mit den Kartoffeln: Speckkartoffeln wie La Ratte sind unerlässlich. Die werden gekocht, gepellt und in dicke Scheiben geschnitten. Aus den Scheiben sticht der Koch mit einer schlanken Backform eurogroße Zylinder aus, 3 Stück pro Portion. Die werden nebeneinander in Tellern angerichtet. Darauf streicht er eine Schicht von winzigen Gemüsepartikeln (Karotten, Sellerie, Schnittlauch) in einer Vinaigrette aus Traubenkernöl und weißem Balsamico.

Darauf setzt er ein pochiertes Wachtelei. Wie man diese schwierige Operation richtig hinkriegt, das Pochieren von Eiern nämlich, muss man gesehen haben! Da werden die Wachteleier aufgeschlagen und je 6 in einer Tasse gesammelt. Dann stellt man einen Topf mit Wasser auf, gibt 1/2 Tasse weißen Essig hinzu und lässt beides stark aufkochen. Nun wird das kochende Wasser mit einem Schneebesen kräftig gerührt, so dass es einen Strudel bildet. Dahinein flutschen die kleinen, nackten Wachteleier, und in dem Wasserwirbel bildet sich um jeden Dotter sofort eine fast kompakte weiße Masse. Die lässt man nun ruhig 1 Minute in dem köchelnden Wasser garen und fischt dann die Eier mit dem Schaumlöffel heraus. Jedes Ei wird vom Eiweiß eingehüllt sein. Anhängende Eiweißschwaden schneidet man ab, so dass man 12 hübsche weiße Wachteleier erhält, die auf Druck sehr leicht nachgeben sollten – das garantiert den richtigen Garzustand, nämlich wachsweich.
Auf jeden Kartoffelsockel platziert man 1 Ei und umgießt das Arrangement der 3 Türmchen mit der grünen Sauce. Dann legte Elverfeld auf jedes Ei einen gekürzten Schnittlauchfaden. Natürlich wurden sie auch gesalzen, die niedlichen Eier, und stahlen fast der Gans die Show. Eine Vorspeise, die eines großen Restaurants würdig ist. Beim Nachkochen ist darauf zu achten, dass der Kartoffelsockel und auch das pochierte Wachtelei genügend gesalzen sind!

Mit großer Spannung erwartete ich die Weine. Sie stammten vom Weingut Meyer-Näkel an der Ahr. Werner Näkel gehört zu den wenigen deutschen Winzern, die mit Rotweinen Aufsehen erregen. Würde sich also ein kompakter Blauburgunder von der Ahr als der ideale Begleiter eines Gänsebratens erweisen? Bei einer traditionell gebratenen Gans wäre wahrscheinlich ein halbtrockener Grauburgunder die richtige Wahl. Aber hier? Wo kein Gänsefett das typische Aroma verbreitet? Tatsächlich schien der kräftige Rote „Meyer-Näkel S“ bestens geeignet. Es war dann Werner Näkel selber, der zu seinem trockenen Riesling des Jahrgangs 2003 riet und damit für Meinungsverschiedenheiten bei den Essern sorgte. Denn der Weißwein war wie der Rote ein raffinierter Begleiter zur Gans, ohne eindeutig die bessere Wahl zu sein. So entschied wieder einmal der subjektive Geschmack der einzelnen Tischgenossen über die Frage, was die Gans am besten schmückte.

Das Dessert ist nicht weniger spektakulär und nicht weniger delikat. Es handelt sich um ein Brotsoufflé mit sauren Kirschen, einen „Brotkirschpudding“ – wieder eine hessische Spezialität. Dazu werden Eigelb und Eiweiß von 5 Eiern getrennt mit je 75 Gramm Zucker geschlagen. Portionsförmchen ausbuttern und mit Zucker ausstreuen. Geriebene Nüsse, Schwarz- und Graubrotbrösel und Kakao werden mit Butter vermischt. Darunter Eigelb und Eiweiß mengen, abschließend die Sauerkirschen dazugeben. In die Förmchen füllen und im Wasserbad pochieren. Dazu serviert Elverfeld eine Bischoffsauce aus Rotwein, Wasser, Zimt, Nelke, Zucker und Stärkemehl. Nach der anspruchsvollen Tour de force zuvor war das zur Versöhnung eine leckere und bürgerliche Nachspeise.

Für den GaultMillau WeinGuide war es keine Frage: Werner Näkel ist der „Winzer des Jahres 2004“, denn „kaum jemand hat die Erzeugung hochwertiger Rotweine in Deutschland stärker beeinflusst“.

Und nicht nur in Deutschland. Werner Näkel ist als Winzer ein Global Player und Rotweine produziert er nicht nur an der Ahr, sondern auch in Stellenbosch (Südafrika) und am Douro in Portugal.

Und so hat der Feinschmecker die einmalige Chance, gleichzeitig drei Rotweine aus verschiedenen Ecken der Welt, aber aus der Hand eines einzigen Winzers zu probieren.

Etwa einen 1999er „Walporzheimer Kräuterberg“, eine Spätburgunder-Auslese von der Ahr, einen 1998er Zwalu aus Südafrika (eine Cuvée aus Cabernet Sauvignon, Merlot und Cabernet Franc) und einen 2001er Campo Ardosa vom Douro (eine Cuvée nur aus autochthonen Rebsorten).

Weingut Meyer-Näkel
Friedensstraße 15
53507 Dernau (Ahr)
Tel. 026 43/16 28
www.meyer-naekel.de

Pochierte Wachteleier

auf La-Ratte-Kartoffeln mit Gemüsevinaigrette und Frankfurter Grüner Sauce

Pochierte Wachteleier

12 frische Wachteleier
Salz
100 ml weißer Balsamicoessig

In einem großen Topf mit Salz und Essig versetztes Wasser zum Sieden bringen. Je 6 Wachteleier vorsichtig zusammen in einer Tasse aufgeschlagen. Den Topfinhalt kräftig mit einem Schneebesen umrühren, damit ein Strudel entsteht. Die Eier hineingleiten lassen. Nach rund 1 Minute sollten die Dotter wachsweich sein. Herausnehmen und von den Eiern mit einem Messer unschöne Eiweißreste entfernen.

Kartoffeln mit Gemüsevinaigrette

je 1 EL Karotte und Sellerie, fein gewürfelt
1 EL Schnittlauch, fein geschnitten
1 EL Gemüse- oder Geflügelfond
2 TL weißer Balsamico
1 EL Traubenkernöl
1 Msp. Dijon-Senf
Salz, weißer Pfeffer aus der Mühle
12 gleich große La-Ratte-Kartoffeln

Die Karotten- und Selleriewürfel blanchieren. Mit den übrigen angegebenen Zutaten gut verrühren und würzen. Kartoffeln waschen und mit der Schale in Salzwasser kochen. Pellen, in gleichmäßige, daumendicke Scheiben schneiden und mit einem Ausstecher rund ausstechen. Kartoffeln in einer Schale mit der Vinaigrette marinieren.

Frankfurter Grüne Sauce

400 g Kräuter (7 verschiedene sollten es sein, 9 dürfen es sein: z. B. krause Petersilie, Schnittlauch, Kerbel, Sauerampfer, Borretsch, Estragon, Zitronenmelisse, Pimpinelle, Dill)
2 Schalotten, fein geschnitten
1 EL weißer Balsamico
2 EL Traubenkernöl
250 g saure Sahne oder Schmand
150 g Joghurt
1 TL Estragonsenf
weißer Pfeffer aus der Mühle
Salz, Zucker

Die gewaschenen und verlesenen Kräuter mit den übrigen angegebenen Zutaten mit Ausnahme der Gewürze in einen großen Mixer geben und etwa 3 Minuten lang fein zerkleinern. Mit Pfeffer, Salz und etwas Zucker würzen.

Die pochierten Eier nach Belieben mit etwas Gemüsevinaigrette marinieren. Je 3 Kartoffelsockel in einem tiefen Teller platzieren, mit Vinaigrette beträufeln. Zuletzt 1 Ei auf jeden Sockel setzen und mit 1 gekürzten Schnittlauchhalm garnieren. Mit Grüner Sauce umgießen.

Gänserollbraten

mit Apfel-Kartoffel-Schmelze und geschmortem Wurzelgemüse

Gänserollbraten

1 Gans (4–4,5 kg)
Salz
weißer Pfeffer aus der Mühle
ca. 500 ml Gänsefett
1 Bund Suppengemüse (Bouquet Garni)
100–150 ml eiskalte Sahne
30 g rohe Gänsestopfleber
1 EL Cognac
etwas Rosmarin und Thymian, fein geschnitten
1 Rollbratennetz
Gänsefond oder Wasser nach Belieben

Am Vortag die Keulen von der Gans schneiden, mit Salz und Pfeffer würzen und möglichst bedeckt mit dem flüssigen Gänsefett in einem gusseisernen Bräter bei 150 °C im Backofen 2–3 Stunden confieren (im eigenen Fett garen). Wenn sich das Fleisch fast von alleine von dem Knochen löst, sind die Keulen fertig gegart. Dann erst die Haut entfernen und danach vorsichtig das Fleisch vom Knochen abzupfen. Dieses Fleisch dann etwas kleiner schneiden und kühl stellen.
Die Gänsebrust vom Rücken aus so auslösen, dass am Schluss beide Brüste mit der Haut verbunden auf dem Tisch liegen. Wichtig: Am Brustbein vorsichtig schneiden, um Verletzungen der Haut zu vermeiden. Aus Karkasse, Gänseklein und geputztem Suppengemüse (ohne Salz) einen hellen, kräftigen Fond kochen.
Am Tag darauf die beiden Gänsebrüste vorsichtig von der Haut lösen und etwas plattieren. Die Haut von dickem Fettansatz befreien und an den Rändern zuschneiden. Dann aus den beiden Brustfilets (nicht aus den Brüsten selbst!) wie folgt eine Farce herstellen: Die Filets von Sehnen und Silberhaut befreien, klein schneiden und leicht angefroren mit Sahne, Gänsestopfleber, Cognac und den Kräutern in der Küchenmaschine fein mixen.
Die Füllmasse durch ein flaches Sieb streichen und mit dem klein geschnittenen, confierten Keulenfleisch vermengen. Mit Salz und Pfeffer würzen. Die Masse auf die nebeneinander liegenden, ebenfalls gesalzenen und gepfefferten Brüste mittig verteilen und mit Hilfe einer

stärkeren Folie behutsam einrollen. Rolle wieder auswickeln, mit der Gänsehaut einschlagen und in einem Rollbratennetz fest verschnüren. In einem Bräter Gänseschmalz erhitzen und den Rollbraten mit etwas Wasser oder Gänsefond zunächst bei 200 °C, nach einigen Minuten bei 150–160 °C 1–1/2 Stunden unter wiederholtem Begießen und Wenden garen.

Geschmortes Wurzelgemüse

1 Karotte
1 Sellerieknolle
4 Frühlingszwiebeln
Gänseschmalz zum Braten
etwas frischen Rosmarin und
Thymian, 1 Knoblauchzehe
Gänsefond zum Schmoren

Karotte und Sellerie in gleichmäßig lange und dicke Stifte schneiden. Die Frühlingszwiebeln von der äußeren Haut und dem Wurzelansatz befreien und in mundgerechte Stücke schneiden. Das Gemüse in etwas Gänseschmalz mit Kräutern und Knoblauch anschwitzen. Etwas Gänsefond zugeben und bissfest schmoren.

Apfel-Kartoffel-Schmelze

4 mehlig kochende Kartoffeln
2 Äpfel (Granny Smith)
Gänseschmalz zum Braten
ca. 300 ml geklärte Butter
200 ml heller Gänsefond
6 Schalotten
Salz
Pfeffer aus der Mühle

Kartoffeln schälen, Äpfel vom Kerngehäuse befreien. Kartoffeln und Äpfel grob reiben und in etwas Gänseschmalz anschwitzen. Die geklärte Butter und den Gänsefond zugeben und bei niedriger Hitze unter ständigem Rühren leicht köcheln lassen, bis die Stärke der Kartoffeln eine Bindung erzielt und die Masse fast verkocht ist. Dann sofort alles mit Druck durch ein Spitzsieb passieren. Den aufgefangenen sämigen Sud mit einem Stabmixer aufmontieren.
Schalotten schälen und in feine Ringe schneiden. In etwas Gänseschmalz oder geklärter Butter anschwitzen und den Sud zugeben. Salzen und pfeffern. Köcheln lassen, bis die Schalotten weich sind, warm stellen.

Rollbraten vorsichtig mit einer Schere vom Netz befreien und nochmals 2–5 Minuten unter dem Grill oder im Ofen Hitze geben. Die Schmelze in vorgewärmte Teller verteilen und das Wurzelgemüse darauf anrichten. Dann erst den Gänserollbraten in fingerdicke Tranchen schneiden und diese mittig auf das Gemüse legen.

Frankfurter Brotkirschpudding

mit Bischoffsauce, Schokoladenmousse und Sauerrahmeis

Brotkirschpudding

5 Eier, 150 g Zucker
100 g Butter
weiche Butter und
Zucker für die Förmchen
150 g geriebene Nüsse
15 g Kakao, 20 g Mehl
etwas Nelke, Zimt,
geriebene Zitronenschale
100 g Schwarz- oder
Graubrotbrösel
200 g Sauerkirschen

Die Eier trennen, die Eigelbe mit der Hälfte des Zuckers und der Butter aufschlagen. Eiweiße mit der anderen Hälfte des Zuckers steif schlagen. Kleine Soufflé-Förmchen buttern und zuckern. Nüsse, Kakao, Mehl und Gewürze mischen, Eiweiß unterheben, Brösel damit vermischen und zum Schluss die Sauerkirschen dazugeben.
Die Mischung in die Förmchen füllen und im Wasserbad bei 180 °C im Backofen je nach Größe der Förmchen 10–12 Minuten pochieren. Nach dem Garen vorsichtig stürzen und sofort mit Bischoffsauce, Schokoladenmousse und Sauerrahmeis servieren (siehe folgende Seite).

Bischoffsauce

Die Stärke mit dem Wasser anrühren. Übrige Zutaten ohne die Gelatine aufkochen, mit der Stärke binden und durch ein sehr feines Sieb passieren. (Soll die Sauce als Espuma zubereitet werden, in die noch heiße Sauce die in kaltem Wasser aufgelöste Gelatine einrühren und sofort in die Espumaflasche füllen. Kalt stellen.)

10 g Stärke, 250 ml Wasser
250 ml Rotwein, Zimt, Nelke,
Zitronensaft, 30 g Zucker,
2 Blatt Gelatine bei Bedarf

Schokoladenmousse

Die Crème double und das Kirschwasser erhitzen. Die Kuvertüre darin auflösen, kurz abkühlen lassen und dann die Sahne unterheben. In kleine Gläser abfüllen.

80 g Crème double
1 cl Kirschwasser
80 g Kuvertüre (64 % Kakaoanteil)
120 ml Sahne, geschlagen

Sauerrahmeis

Sahne und Zitronensaft erhitzen und den Zucker darin auflösen. Sauerrahm unterrühren. Die Mischung in einer Eismaschine gefrieren lassen. Im Tiefkühler gut durchkühlen lassen.

100 ml Sahne
Saft von 1/2 Zitrone
150 g Zucker, 250 g Sauerrahm

Den Pudding in tiefe Teller stürzen und mit der Bischoffsauce umgießen. Oder die Sauce als Espuma zubereiten und auf die in Nocken abgestochene Mousse spritzen. Das Sauerrahmeis separat dazu reichen.

Johannes King
Menü zum Grünkohl

Frühlingssalat mit Apfelaal und dicken Bohnen, Crème fraîche mit knusprigen Kartoffelchips

Bauernhuhn mit Grünkohlpfanne und Selleriesauce

Rote Grütze mit Rosengelee auf Vanilleschaum mit Minzpuder

Johannes King

Frühlingssalat mit Apfelaal und dicken Bohnen, Crème fraîche mit knusprigen Kartoffelchips

Bauernhuhn mit Grünkohlpfanne und Selleriesauce

Rote Grütze mit Rosengelee auf Vanilleschaum mit Minzpuder

Den Söl'ring Hof in Rantum darf man getrost als ein Juwel der deutschen Gastronomie bezeichnen. Das verdankt er seiner Topographie. Denn Rantum ist ein Dorf auf Sylt, der beliebtesten deutschen Nordseeinsel, und das sich hanseatisch-bescheiden „Hof" nennende Luxushotel liegt in den Dünen am Strand. Es ist praktisch das einzige Hotel der Insel, aus dessen Fenstern Gäste die Fische mit Pralinen füttern können. Wenn es denn am Strand von Rantum noch Fische gibt. An Pralinen herrscht jedenfalls kein Mangel im Söl'ring Hof, die Küche von Johannes King ist für ihre süßen Spezialitäten landesweit berühmt. Dass der mit zwei Michelin-Sternen dekorierte Koch sich für dieses Seminar der deutschen Küche ausgerechnet den bitteren Grünkohl vorgenommen hat, überraschte mich. Aber das deftige Wintergemüse gehört nun mal zu unserer kulinarischen Identität, es ist ein Relikt aus den Hungerjahren im und nach dem letzten Krieg und hat deutsche Essgewohnheiten entscheidend geprägt.

Niemand in meiner Küche war auf das Resultat mehr gespannt als ich.

Sollte es mir vergönnt sein, hier zum ersten Mal in meinem Leben eine Portion Grünkohl vorgesetzt zu bekommen, die ich mit Genuss essen würde?

Es begann jedenfalls vielversprechend. King streifte die dünnen Blättchen des Grünkohls von den Stängeln, denn wie bei allen Kohlsorten sitzt auch beim Grünkohl der Muff in den Stängeln. Da lag also ein riesiger Haufen dunkelgrünes Gemüse in meiner Küche, bei dessen Anblick Frau Hoffmann das Fell sträubte. Das Gemüse wurde gründlich gewaschen.
Nun dünstete King in einer großen Marmite dünne Scheiben von Schalotten zusammen mit geschnetzelten Äpfeln und in Scheiben geschnittenen Champignons an. Als diese Basis sich dem Garzustand näherte, streute er eine Hand voll klein gerupften Grünkohl in den Topf. Eine viel größere Menge des gerupften Kohls wurde gleichzeitig in sehr salzigem Wasser blanchiert, oder besser – worauf der Küchenchef extra hinwies – richtig gekocht, nämlich 4 Minuten lang. Der Kohl im Schmortopf wird grau, und um das Gemüse grün zu erhalten, muss es die 4 Minuten im kochenden Wasser ertragen. Danach wird es sofort in kaltem Wasser abgeschreckt und zu seinen grauen Kollegen in den Schmor-topf verfrachtet. Dass nicht der gesamte Kohl schön aussehen darf, hat einen Grund: Der blanchierte (vorgekochte) Kohl verliert sein intensives Aroma.
Sie mit Geräuchertem zu servieren, das sei, so belehrte mich der Küchenchef aus Sylt, der Kardinalfehler bei Grünkohlgerichten: Würste, Pinkel, Kasseler und andere derartige Zutaten aus der Arme-Leute-Küche

machen das Gericht so, wie es normalerweise in Norddeutschland gegessen wird, nämlich schwer verdaulich, zu fett und stinkend. Der Mann, dachte ich, weiß, wovon er spricht.

Während der Grünkohl ungefähr 1/2 Stunde im Topf seiner Essbarkeit entgegenschmort, bereitet Johannes King die Vorspeise vor. Dabei handelt es sich um einen Salat, der von allen, die ständig Salat essen, weil er wenig Kalorien enthält, strikt gemieden werden sollte. Denn er besteht aus grünen Bohnenkernen, Räucheraal und einer fünfzigprozentigen Crème double, abgesehen von gemahlenem Koriander und Kartoffelchips.

Letztere stellt der fixe Koch folgendermaßen her: 3 oder 4 größere Kartoffeln der Sorte Sieglinde werden gewaschen und längs in hauchdünne Scheiben geschnitten. Pro Person ungefähr 4 bis 6 Scheiben. Das geht am besten mit einer Wurstschneidemaschine, aber wo die fehlt (wie in meiner Küche) schafft das ein vorsichtiger Koch auch mit einem scharfen Messer. Es dauert bloß länger. Für die fertigen Kartoffelscheiben braucht er sodann eine Pfanne, Backpapier, einen kleineren, schweren Topf aus Gusseisen, geklärte Butter und Pflanzenöl. In die Pfanne wird ein rechteckiges Stück Backpapier gelegt, darauf 1 Teelöffel Butterschmalz (geklärte Butter) und 1 Teelöffel Öl gestrichen. Darauf werden wiederum so viele Kartoffelscheiben gelegt, wie nebeneinander Platz haben. Die werden mit einem zweiten Stück Papier bedeckt und darauf der leere, schwere Topf gestellt. Das Ganze brät nun bei mäßiger Hitze. Wenn sie von unten braun geworden sind, werden die Kartoffelchips gewendet und wieder auf und unter dem Papier und dem gewichtigen Topf fertig gebraten. Der Topf sorgt dafür, dass die Chips sich nicht verbiegen. Wenn sie fertig sind, legt man sie nebeneinander auf ein Backblech, weil sie kurz vor dem Servieren zur Erwärmung für wenige Minuten in den Ofen müssen.

Die anderen Bestandteile des Salats sind alle vorbereitet. Im Falle der Bohnen heißt das, sie wurden enthülst und die grünen Kerne einzeln aus ihrer Haut gepresst – es handelt sich nämlich um junge dicke Bohnen, die im Alter eine braune Haut bekommen und dann zu Recht Saubohnen genannt werden.
Die Mühe des Enthäutens muss man sich unbedingt machen, weil nur die völlig nackten Kerne so delikat sind, dass sie in der feinen Küche

„Er ist einfach der perfekte Gastgeber", schwärmt eine Frau, die es wissen muss, und „Gastgeber" steht auch auf Johannes Kings Visitenkarte, denn tagsüber ist er vor allem Hoteldirektor. Erst abends beweist er in der offenen Küche seines Restaurants, dass er den zweiten Michelin-Stern im Herbst 2004 mit vollem Recht bekommen hat. Geboren wurde Johannes King 1963 in Schramberg im Schwarzwald, arbeitete nach seiner Lehre bei Köchen wie Franz Keller jun. in Köln und Henri Levy in Berlin, kochte in Wien und – auf einer langen Studienreise durch Frankreich – bei Troisgros und Robuchon, Senderens und Roux.

Dann war er Küchenchef im Berliner Restaurant Grand Slam und wurde Konzernküchendirektor für die Dorint AG.

Seit 2000 ist er Gastgeber und Chefkoch auf Sylt.

Söl'ring Hof
Am Sandwall 1
25980 Rantum/Sylt
Tel. 046 51/83 62 00
So und mittags geschlossen

Hummer, Seeteufel, Jakobsmuscheln und andere Edelprodukte begleiten dürfen. Hier, vor dem Grünkohl als Hauptgericht, wecken sie hohe Erwartungen.

Der Grünkohl ist inzwischen längst gar und wird im Mixer püriert. Was übrig bleibt vom norddeutschen Nationalgericht ist ein Brei. Sehr grün im Aussehen, und vom Geschmack ebenfalls. Gerechterweise ist an dieser Stelle anzumerken, dass es sehr verschiedene Nuancen von grünem Geschmack gibt. Spinat ist eine Variation, Mangold und Erbsen sind eine andere. Hier also haben wir es mit Grünkohlpüree zu tun. Das Resultat wird alle Grünkohl-mit-Pinkel-Esser schockieren: Kein rauchiges, krachendes Gemüse, keine Wurst- und Speckzitate aus der Arme-Leute-Küche, sondern das reine, pure Grün des Kohls. Der übliche Schnaps als Verdauungshilfe wird überflüssig. Und dazu als Sauce eine Mischung aus je 50 Gramm Champignons und Schalotten. Und 100 Gramm Sellerie mit Crème fraîche, 1 Glas Noilly Prat und 1 Tasse Geflügelfond. Auch diese vielversprechende Mischung wird püriert. Und natürlich gesalzen und gepfeffert.

Da ein Gemüsepüree, auch wenn es vom Grünkohl stammt, kein vollständiges Gericht ergibt, hat Johannes King gleichzeitig im Backofen 2 Hühner gebraten. Dazu ist zu sagen, dass es ihm nicht um ein knusprig braunes Hühnchen geht, sondern um das saftig bleibende Fleisch. Also werden die gewaschenen und trockengetupften Hühner (mit gebundenen Füßen) lediglich mit Geflügelfond begossen und ohne Deckel in den Backofen geschoben. (Als Gewürz werden nur Salz, Pfeffer und gemahlener Koriander verwendet.) 30 Minuten bei 120 °C garen, mehrmals mit Fond begießen, und abschließend 10 Minuten bei 190 °C leicht bräunen lassen. Wobei nicht die gebräunte Haut wichtig ist, sondern der Garzustand der Hühnerbrust. Die sollte saftig sein, und wird mit einem Kochmesser in dünnen Scheiben von der Karkasse gesäbelt. Damit wären alle Einzelheiten des Hauptgerichts komplett. Das grüne Püree wird auf Teller gefüllt, darum die Sauce gegossen und obenauf zwei Scheiben Hühnerbrust gelegt. Fertig.

Keine deftige Mahlzeit ist so entstanden, sondern etwas wie ein kokettes Zwischengericht,

das allen, die sich an Grünkohl satt essen wollen, nicht gefallen wird. Wobei ich nicht verhehlen will, dass auch mir bei dieser Verfremdung des norddeutschen Gerichts zum Püree die demonstrierte Distanzierung zu extrem ist. Gern hätte ich erfahren, wie ein Profi den Grünkohl zivilisieren kann, ohne sich so weit von der traditionellen Version zu entfernen. Der Verzicht auf geräucherte und gepökelte Fleischwaren ist weise und begrüßenswert. Aber wenn letztlich ein grüner Brei entsteht, der sich nur wenig von püriertem Spinat oder Mangold unterscheidet, so wünsche ich mir eine originellere Würzung. Im pürierten Zustand wäre da alles denkbar und möglich, vom Balsamico über Sojasauce bis zu Orangenzesten. Der Koriander war nicht kräftig genug. Auch scheint mir die Hühnerbrust, so delikat sie ist, nicht zwingend notwendig. In dieser entschärften Version wäre Grünkohl auch mit markanten Fischen wie Rotbarbe oder Seeteufel vorstellbar. Vom Aal ganz zu schweigen. Aber den hatten wir ja in geräucherter Form schon im Salat, bei dem er geschmacklich die Hauptrolle spielte. (Und wenn man ihn, wie Johannes King auf Sylt, sogar noch warm aus der Räucherei beziehen kann, dann ist das nicht zu übertreffen.) Wir haben die wunderbare Crème fraîche mit grobem Meersalz akzentuiert, was auch die Bohnen verbesserte.

Es war Joachim Heger vom Weingut Dr. Heger in Ihringen, der seine Weine für dieses Essen zur Verfügung stellte. Und obwohl er insgeheim eine große Chance für die typischen Weiß- und Grauburgunder sah, für die die Weine aus Ihringen bekannt sind, war es dann sein acht Monate im Eichenfass gereifter Chardonnay, der sich als Meister aller Klassen erwies. Die hochgeschätzten Rieslinge haben bei kräftig gewürzten und deftigen Gerichten keine Chance.
Ihre – im besten Fall subtile – Balance von Fruchtigkeit und bodenständiger Eleganz kam gegen die Rustikalität des Gemüses nicht an. Da war ein Chardonnay genau der richtige Partner. Wobei ich darauf verweisen möchte, dass der von Joachim Heger gewählte zu den wenigen gelungenen Flaschen gehört, die in Deutschland bislang produziert werden. Unverkennbar und dennoch nicht aufdringlich, erkennt man seine Qualität auch daran, dass er sogar noch bei 13 °C seine Aromen im Zaum hält, was ich mit Genugtuung registrierte, als ich ihn zum Dessert mit gleichem Genuss trank wie zum Salat. Ein Wein für alle Gelegenheiten. Deshalb ist diese Traubensorte weltweit so erfolgreich. Das ist aber kein Argument gegen die Grauburgunder vom Weingut Dr. Heger. Vor allem die Spätlese 2003 kam der Zweckmäßigkeit des Chardonnays sehr nahe, jedenfalls bei den ersten beiden Gängen. Denn der Salat wäre eigentlich ein Fall für einen Weiß- oder Grauburgunder gewesen, vermutete ich. Es stellte sich jedoch heraus, dass der Chardonnay wegen des starken Raucharomas der Aalstücke die bessere Wahl war.
Für das Dessert mussten wir uns zwischen einer Muskateller und einer Gewürztraminer Auslese entscheiden, wobei allein die persönliche Vorliebe den Ausschlag gab.
Ich mochte den Gewürztraminer lieber, der die Beerenmischung der zu begleitenden Roten Grütze weder übertönte noch ihr unterlegen war.

Die Rote Grütze bestand aus Erd-, Him-, Brom-, Blau- und Johannisbeeren, und zwar je 150 Gramm von Erd- und Himbeeren, 100 Gramm von den Brombeeren und je 50 Gramm Blau- und Johannisbeeren. Die werden gewaschen, vermischt und mit Puderzucker bestäubt. Der sich in den nächsten 30 Minuten bildende Saft wird abgegossen und ganz kurz aufgekocht, wieder zurück über die Beeren gegossen und alles zusammen so erhitzt, dass die Beeren nicht einmal richtig heiß werden. Dann 150 Gramm Rosengelee unterziehen und kalt stellen. Als Clou des Ganzen schäumte Johannes King 150 Gramm Crème fraîche, 50 Milliliter Milch und etwas Zitronensaft zusammen mit Vanillemark in einem Sahnebereiter auf und krönte mit diesem Espuma genannten Schaum die Beeren. Ferran Adrià, der katalanische Avantgardist, hat die Methode erfunden, mit diesem neuartigen Gerät alle Flüssigkeiten, die zum Schäumen taugen, auch zu Schäumen zu machen.
Ich halte das für eine überflüssige Spielerei, das Ganze erinnert zu sehr an Rasierschaum. Ein normaler Elektroquirl hätte es auch getan. Ganz wunderbar hingegen war das Aroma des Rosengelees. Bloß, wo diese Köstlichkeit hergestellt und verkauft wird (und zu welchem Preis), ist mir verborgen geblieben. Ich nehme an, im Söl'ring Hof.

Das Weingut Dr. Heger heißt nicht nur so: Es wurde tatsächlich von einem Arzt gegründet, einem Dr. Max Heger, im Jahr 1935. Er muss sehr früh gewusst haben, dass guter Wein der Gesundheit sehr förderlich sein kann. Heute führt sein Enkel Joachim Heger den Betrieb – mit großem Erfolg. „Seit Jahren", vermerkt etwa der GaultMillau WeinGuide, der Joachim Heger zum „Aufsteiger des Jahres 1998" kürte, „gibt das Weingut bei den weißen Burgundersorten den Ton an".

Wolfram Siebeck war gleichwohl von einem Chardonnay am meisten begeistert, einer 2003er Spätlese „Ihringer Winklerberg" aus dem Barrique. Doch auch die 2003er Grauburgunder Spätlese „Achkarrer Schlossberg" aus dem Barrique gefiel ihm, und beim Dessert buhlten eine Gewürztraminer- und eine Muskateller Auslese um seine Gunst, beide ebenfalls aus der Lage „Ihringer Winklerberg".

Weingut Dr. Heger
Bachenstraße 19
79241 Ihringen (Baden)
Tel. 076 68/205
www.heger-weine.de

Frühlingssalat

mit Apfelaal und dicken Bohnen, Crème fraîche mit knusprigen Kartoffelchips

200 g kalt geräucherter Aal, enthäutet und gewürfelt
1 Stück Boskop-Apfel
blanchierte Schalotten, in Streifen geschnitten
etwas geklärte Butter
150 g Saubohnen, gebrüht und gehäutet
etwas Rapsöl, Apfelessig
etwas Zitronensaft
Zucker, Meersalz
schwarzer Pfeffer aus der Mühle
100 g Brunnenkresse
2 große fest kochende Kartoffeln, in hauchdünnen Scheiben
250 g feinste Crème fraîche
Pfeffer aus der Mühle nach Belieben

Aal klein würfeln, Apfelstück schälen und klein stifteln. Schalotten in geklärter Butter ausschwitzen, Apfel und Bohnen zugeben und kurz mit durchschwenken. Zum Schluss den Aal dazugeben, abkühlen lassen. Salatzutaten mit Öl, Essig, Zitronensaft, Zucker, Salz und Pfeffer marinieren. Die klein gezupfte Brunnenkresse dazugeben. Kartoffelscheiben mit wenig geklärter Butter zwischen Backpapier sehr knusprig backen. Mit der nach Belieben gepfefferten Crème fraîche zum Salat reichen.

Bauernhuhn mit Grünkohlpfanne
und Selleriesauce

Grünkohl und Huhn

Einen Großteil des Grünkohl in ganz feine Stücke zupfen und in kräftig gesalzenem Wasser 3–4 Minuten kochen, abgießen, eiskalt abschrecken und ausdrücken. Im Topf etwas Butter aufschäumen lassen, Apfel, Schalotten und Champignons – alles klein geschnitten – dazugeben, mit

500 g Grünkohl
Salz
Butter zum Braten
1 Boskop-Apfel
150 g Schalotten
100 g Champignons
ca. 200 ml Geflügelfond
1 mehlige Kartoffel, geschält
Pfeffer aus der Mühle
Zucker
Koriander, gemahlen
etwas Zitronensaft
1 Bauernhuhn (ca. 1,3 kg)

etwas Geflügelfond ablöschen, restlichen Grünkohl dazugeben und kurz mitschmoren. Den blanchierten Grünkohl mit der grob gewürfelten Kartoffel untermengen und etwa 1/2 Stunde weiterköcheln lassen. Herausnehmen und alles im Blitzhacker pürieren. Mit Salz, Pfeffer, Zucker, gemahlenem Koriander und etwas Zitronensaft würzen.
Das Huhn innen und außen gut abbrausen und trockentupfen. Leicht salzen, pfeffern und in Form binden. In eine flache, feuerfeste Pfanne setzen, den Boden mit dem restlichen Geflügelfond bedecken und das Huhn im Ofen bei 120 °C etwa 30 Minuten garen, zum Schluss etwa 10 Minuten bei 190 °C bräunen.

Selleriesauce

je 50 g Schalotten und Champignons, fein gewürfelt
100 g Sellerie, fein gewürfelt
Olivenöl zum Braten
4 cl Noilly Prat
150 ml Geflügelfond
100 ml Sahne
Salz, Pfeffer aus der Mühle

Schalotten, Champignons und Sellerie in etwas Öl anschwitzen und mit Noilly Prat ablöschen. Reduzieren, bis die Flüssigkeit fast vollständig verdampft ist. Mit dem Fond ablöschen, mit der Sahne verfeinern und auf die gewünschte Konsistenz reduzieren. Mit dem Stabmixer pürieren und durch ein feines Sieb passieren. Salzen und pfeffern.

Die Hühnerbrüste in dünnen Scheiben von der Karkasse schneiden. Das Grünkohlpüree mittig auf Teller verteilen, mit der Sauce umgießen. Jeweils 2 Scheiben Hühnerbrust obenauf legen.

Rote Grütze mit Rosengelee

auf Vanilleschaum mit Minzpuder

je 150 g Himbeeren und Erdbeeren
100 g Brombeeren
je 50 g Blaubeeren und Johannisbeeren
Puderzucker nach Belieben

Die verlesenen Beeren leicht mit Puderzucker bestäuben und etwa 1/2 Stunde ziehen lassen. Den Fruchtsaft, der sich in der Zwischenzeit gebildet hat, vorsichtig in einen Topf abgießen.

Kurz aufkochen, die Beeren dazugeben und den Topfinhalt nochmals ganz kurz aufkochen. Danach das Rosengelee dazugeben und unterrühren. Die Mischung kalt stellen.
Crème fraîche, Milch, ein wenig Zitronensaft und ausgeschabtes Vanillemark miteinander glatt rühren. In den Sahnebereiter füllen und zur Espuma aufschlagen.

Eine tiefe Schale etwa zur Hälfte mit der roten Grütze mit Rosengelee füllen, darauf den Vanilleschaum sprühen und die getrocknete, gemahlene Minze darüber streuen. Das Dessert nach Belieben mit einzelnen Himbeeren, Erdbeeren, Brombeeren, Blaubeeren und Johannisbeeren garnieren.

150 g Rosengelee
150 g Crème fraîche
50 ml Milch
wenig Zitronensaft
1 Vanilleschote
Minzeblätter, getrocknet und gemahlen
nach Belieben einzelne Himbeeren, Erdbeeren, Brombeeren, Blaubeeren und Johannisbeeren zum Garnieren

Rezeptregister